A. Wolterstorff

Bilder aus dem römischen Altertum

A. Wolterstorff

Bilder aus dem römischen Altertum

ISBN/EAN: 9783742811745

Hergestellt in Europa, USA, Kanada, Australien, Japan

Cover: Foto ©Andreas Hilbeck / pixelio.de

Manufactured and distributed by brebook publishing software
(www.brebook.com)

A. Wolterstorff

Bilder aus dem römischen Altertum

Bilder

aus dem

römischen Alterthum

von

A. Wolterstorff,

· —✕— ·

Halberstadt 1865,
Verlag der Frantz'schen Buchhandlung
(Gustav Loose).

Dem

Präsidenten des Königlichen Appellationsgerichts zu Halberstadt,

Herrn Märcker,

widmet diese Blätter

als Zeichen innigster Hochachtung und tiefster Dankbarkeit

der Verfasser.

Vorwort.

Vorstehende Aufsätze, die schon vor einigen Jahren im illustrirten Familienbuche des Oesterreichischen Lloyd in Triest erschienen, sind unmittelbar hervorgegangen aus dem Stubium der Alten, besonders des Cicero und des Appian; von den Neueren ist hauptsächlich Drumann zu Rathe gezogen.

Zweck dieser Arbeiten war, ein möglichst anschauliches Bild zu geben von der unermüdlichen, umsichtigen Thätigkeit und Energie des Octavian, mit der er zuerst den Kampf mit dem Antonius aufnimmt, dann seinen Gegner seinen eigenen Zwecken dienstbar macht und ihn schließlich zu Boden wirft.

Diese Absicht glaubte ich daburch am besten zu erreichen, daß ich die einzelnen besonders erfolgreichen und entscheidenden Momente zu in sich abgeschlossenen

Bildern ausarbeitete, damit das Wirken der verschie-
denartigsten Kräfte so zu voller Entfaltung kommen
könnte.

In wieweit dies erreicht ist, mögen Andere be=
urtheilen.

Schließlich sage ich noch meinen Freunden, den
Herren Doctoren Nebelung, Fritze und Drenkmann
meinen herzlichsten Dank für die Theilnahme, die
sie mir bei der Abfassung meiner Arbeiten fortwährend
bewiesen haben.

Halberstadt,
den 10. October 1864.

Der Verfasser.

Inhaltsverzeichniß.

Die erste Senatsfitzung nach der Ermordung Cäsars.

Liberalia tu accusas, Quid fieri tum potuit?
Jam pridem perieramus.
Cicero ad Atticam. Lib. XIV. X.

Am 15. März des Jahres 44 vor Chr. wurde C. Julius Cäsar ungefähr um die Mittagsstunde im Senate ermordet. Was beabsichtigte dieser Mord? Wurde diese Absicht erreicht, oder wurde sie vielmehr gänzlich vereitelt? Zur Beantwortung dieser Fragen wollen wir versuchen, einen möglichst kurzen Ueberblick zu geben über die Stimmungen und Bestrebungen, über die Stellung der verschiedenen Parteien zu einander, wie sie sich unmittelbar nach der blutigen That deutlich erkennen lassen.

Die Verschworenen, besonders die Häupter derselben, M. Brutus und C. Cassius, einst Pompejaner, von Cäsar begnadigt und zu hohen Aemtern erhoben, wollten aus den verschiedensten Gründen die aristokratisch=republikanische Verfassung wiederherstellen und die Aristokratie befreien von der unbequemen Herrschaft eines

1

kraftvollen Alleinherrschers. Zu diesem Zwecke ver=
suchten sie gleich in der Curie, die blutige Leiche zu
ihren Füßen, die Senatoren aufzufordern, zur republi=
kanischen Freiheit zurückzukehren, in der festen Erwar=
tung, daß ein großer Theil derselben aus Anhänglich=
keit an die althergebrachten Einrichtungen und aus
Haß gegen die Dictatur ihre That laut billigen, die
übrigen aber, die Anhänger Cäsars, sich in der ersten
Bestürzung ohne Weiteres an sie anschließen würden.

Dieser Versuch mißlang vollständig. Furcht und
Entsetzen bemächtigte sich des Senates beim Anblicke
des Verbrechens; in wilder Flucht verließ er die ent=
weihte Stätte und stürzte ordnungslos durch die Straßen
Roms dahin. —

Verlassen und einsam standen die Mörder, selber
betäubt durch den ungeheuren Frevel und die plötzlich
sie umgebende Oede. Endlich ermannte man sich; die
bluttriefenden Dolche mit der rechten Hand schwingend,
einen Hut, das Zeichen der Freiheit, auf der Lanze
vorantragend, bemühten sie sich, die Menge über
ihre That aufzuklären und sie zu einem Zeichen der
Anerkennung zu veranlassen. Vergebens! Auch die
Menge flüchtete vor ihnen; man verbarg sich in den
Häusern, verriegelte sie und machte sich gefaßt auf An=
griff und Abwehr.

So überall gemieden, blieb den Verschworenen nichts
übrig, als sich unter dem Schutze einer Gladiatoren-
bande, die im Dienste des Decimus Brutus, eines der

Mörder, stand, auf das Capitol zu begeben. Die erste Ermuthigung kam ihnen hier von verschiedenen Pompejanern, unter andern auch von Cicero, ganz besonders aber von Dolabella.

Dieser letztere, des Cicero gewesener Schwiegersohn, von Cäsar, troß seiner Jugend und seines wilden Lebens, wegen seiner Talente und wegen seiner Brauchbarkeit hochgeschätzt, sollte in diesem Jahre Consul werden. So hatte es der Dictator gewünscht, der selber im April einen Zug gegen die Parther zu unternehmen gedachte. Dolabella sollte statt seiner das Consulat bekleiden. Die Wahl war aber bis jetzt durch den wegen persönlicher Beleidigungen erbitterten Todfeind des Dolabella, den Consul Antonius, verhindert worden, der während der Abwesenheit Cäsars allein Consul sein, am wenigsten aber einen von ihm tödtlich gehaßten Privatfeind zum Mitconsul haben wollte. Zur Erreichung seiner Wünsche hielt Dolabella die augenblickliche Situation für außerordentlich günstig. Aus Haß gegen Antonius erklärte er sich öffentlich für die Verschworenen, pries laut ihre That, bemächtigte sich der consularischen Insignien, begab sich auf das Capitol und versprach hier seinen entschiedenen Beistand. Durch ihn ermuthigt wagten es C. Cassius und M. Brutus herabzusteigen zu dem unmittelbar an den capitolinischen Hügel anstoßenden Forum, um ihre That zu rechtfertigen und vor Allem, um die Veteranen Cäsars zu beruhigen. Diese befanden sich nämlich in

1*

jenen Tagen in großer Anzahl in Rom, theils um in die, ihnen von Cäsar zur Belohnung geleisteter Dienste angewiesenen, Colonien zu gehen, theils um Cäsar bei seinem bevorstehenden Zuge gegen die Parther einige Millien weit das Ehrengeleit zu geben. Die Veteranen fürchteten nun in dem Besitz der ihnen schon verliehenen oder versprochenen Ländereien von Seiten der Verschworenen geschmälert zu werden, ihnen diese Befürchtung aber zu nehmen, bezweckte die Rede des Brutus. Allein weder bei dem Volle, noch bei den Veteranen konnte er mehr erreichen, als daß man sich für jetzt noch nicht direct gegen die Mörder erklärte, von einer Anerkennung ihrer That war man weit entfernt. So begab man sich entmuthigt zurück auf das Capitol und erwartete hier in müßigem Stillsitzen den weiteren Verlauf der Dinge.

So stand es mit den Verschworenen! Um ihrem Verbrechen einen nur einigermaßen glücklichen Ausgang zu sichern, war nichts vorbedacht. Ermordet hatten sie in heillosem Wahne Cäsar; entzogen hatten sie in ihm der römischen Welt den Halt und Stützpunct. Cäsars angeborenes Herrschertalent, seinen hohen, edlen Sinn, seine sprichwörtlich gewordene Milde gegen Feinde, die Unerschrockenheit in der Gefahr, sein unausgesetzt thätiges, schaffendes, allseitiges Genie haben seine erbittersten Feinde bewundernd anerkannt.

Inmitten einer trauernden Stadt und eines trauernden Landes, dessen Bewohner einem ungewissen Schicksal

preisgegeben waren, standen hilf= und rathlos die un=
seligen Mörder. — Den schärffsten und schneidendsten Gegensatz zu dieser
Schlaffheit und Kraftlosigkeit der Verschworenen, die
hervorging aus dem schuldbeladenen Gewissen und ebenso
sehr aus der unabweislich sich aufdringenden Ueber=
zeugung, daß ihre That durchaus unpopulär sei, bildet
Marcus Antonius.

Antonius war der tüchtigste und bedeutendste unter
den Cäsarianern. Bei jeder Gelegenheit hatte er das
Vertrauen des Dictators gerechtfertigt und sich in den
Augenblicken größter Gefahr immer bewährt. So
führte er z. B. einst während des Winters von Brun=
dusium die Flotte im Sturm und Wetter nach Illyrien
hinüber durch das von feindlichen Schiffen besetzte adria=
tische Meer. Der treueste Anhänger Cäsars, beliebt
bei den Legionen, kühn bis zur Tollkühnheit, in Zeiten
der Ruhe einem schwelgerischen Leben ergeben, im
Drange der Noth wunderfam erfinderisch und thätig,
von herrlichem, kräftigem, majestätischem Körperbau,
faßte Antonius den Plan, den Mördern für immer das
Heft aus der Hand zu winden, Cäsar zu rächen und
selber die erledigte Stelle eines obersten Gebieters ein=
zunehmen. Rasch entschlossen ergriff er alle Mittel,
die ihn diesem Ziele näher bringen konnten. Gleich
am Tage der Ermordung bemächtigte er sich mit Ein=
willigung der Calpurnia, der Gemahlin Cäsars, des
Privatschatzes (etwa zwei Millionen Thaler) und des

schriftlichen Nachlasses des Dictators; ebenso gelang es ihm in der allgemeinen Verwirrung sich in den Besitz des öffentlichen Schatzes zu setzen, in welchem eine Summe von etwa 35 Millionen Thalern enthalten war. Ferner wußte er den M. Lepidus ganz auf seine Seite zu bringen.

M. Lepidus, der aus einer altpatricischen, sehr reichen Familie stammte, gehörte ebenfalls zu den Freunden Cäsars, in dessen Händen er stets, trotz seiner sonstigen Unbedeutendheit, ein brauchbares Werkzeug gewesen war. Im Jahre 48 hatte er das Proconsulat des diesseitigen Spaniens bekleidet und auch jetzt ließ er von Rom aus wiederum als Proconsul durch seine Legaten einen Theil Spaniens und des südlichen Frankreich verwalten. Verschiedene Truppen, die in Italien für seine Provinzen zusammengezogen waren, befanden sich in diesem Augenblicke vor den Thoren Roms. Dieser Umstand gab dem Lepidus bei der gegenwärtigen Verwickelung Bedeutung und ließ in ihm den Wunsch aufkeimen, sich in Cäsars Stelle einzudrängen. Da Antonius für den Augenblick keine Legionen unter sich hatte, so war es von höchster Wichtigkeit, daß Lepidus sich von ihm gewinnen ließ.

Antonius versprach ihm die durch Cäsars Tod erledigte Stelle eines Oberpriesters, ferner dem ältesten Sohne des Lepidus seine eigene Tochter zur Gemahlin. Durch diese und ähnliche Versprechungen und Vorstellungen wurde Lepidus gewonnen, und Antonius konnte über dessen Truppen wie über seine eigenen verfügen.

Der gewaltige Einfluß, den Antonius auf diese Weise in überraschender Schnelligkeit gewann, schreckte die Mörder auf dem Kapitol so sehr, daß sie eine vollständige Belagerung fürchteten. Um dieser zu entgehen, sandten sie einige ihrer Freunde und Anhänger zum Antonius. Ohne nur den leisesten Versuch einer Rechtfertigung der That bei dem Consul zu wagen, baten sie ihn dahin zu wirken, daß Ruhe und Eintracht zurückkehre; er möge nicht aus Privathaß das Glück und das Wohl seiner Mitbürger unberücksichtigt lassen. Die Antwort war klar und kalt. Der Consul würde sich nicht aus persönlichen Gründen gegen die Verschworenen erklären; die That sei freilich eine verbrecherische; allein dem Senate solle das Urtheil selbständig überlassen bleiben; trotz seiner Freundschaft mit Cäsar werde er einer Abstimmung zu Gunsten der Verschworenen nicht hindernd in den Weg treten. Die unerwartet günstige Antwort erfüllte mit freudiger Hoffnung; der Abstimmung im Senate glaubte man gewiß zu sein und beruhigt sah man der auf den folgenden Tag angesetzten Senatssitzung entgegen. —

In der Nacht, die dieser Sitzung voranging, ließ Antonius die ganze Stadt erleuchten; überall waren Wachtposten aufgestellt und die Magistrate erschienen auf den öffentlichen Plätzen. Während die Anhänger, Freunde und Verwandten der Verschworenen sich in die Häuser der Senatoren begaben, um diese für ein günstiges Botum zu stimmen, tobten die Veteranen unter

Schmähworten und Drohungen: würde ihnen das Ge=
ringste von den ihnen zugesagten Belohnungen entzogen,
so würden sie zu den Waffen greifen. Der bessere
Theil der Bürger gab ebenfalls seinen Schmerz und
seine Entrüstung über den schändlichen Meuchelmord
immer deutlicher zu erkennen; das Andenken an die
Verdienste des Ermordeten flößte tiefen Abscheu gegen
dessen Mörder ein.

So erschien der 17. März. Der Senat war zahl=
reicher als je versammelt. Unter dem Vorsitze des
Antonius begann die Abstimmung über die auf dem
Capitol vereinigten Verschworenen. Ein großer Theil
der Senatoren lobte die That auf das Entschiedenste,
benannte die Mörder mit dem Ehrennamen Tyrannen=
mörder und trug an auf Belohnung für ihren dem
Staate geleisteten Dienst. Eine gemäßigtere Partei
wollte sie nur einfach belobt wissen, ohne sie zu belohnen,
was ja auch durchaus nicht beansprucht würde. Andere
verabscheuten zwar den Mord und bezeichneten ihn als
ein schändliches Verbrechen; aus Rücksicht aber für so
viele mit den Mördern in Verbindung stehende hoch
angesehene Häuser stimmten sie für Straflosigkeit. Als
geantwortet wurde, daß die Straflosigkeit nicht genüge,
daß es zu größerer Sicherheit der Verschworenen diene,
wenn ihre That auch belobt würde, so erwiederte ein
anderer Senator: „Jede Belohnung oder auch nur eine
Anerkennung der Mörder enthält zugleich ein Verdam=
mungsurtheil Cäsars." Mit Recht wurde nun von

einer andern Seite die Alternative gestellt: entweder
sei Cäsar als Tyrann zu erklären und damit zugleich
seine Mörder als Wohlthäter des Staates zu ehren,
oder man müsse Cäsars Verdienste um den Staat aner=
kennen, sein Andenken in Ehren halten und die Mörder
als Verbrecher brandmarken. Der Funke zündete. Die
Partei der Verschworenen glaubte sich am Ziele. Von
allen Seiten drang man in den Antonius, zuerst über
Cäsar abstimmen zu lassen. Feigheit und Gemeinheit
reichten sich die Hände. Man zitterte vor Begierde, das
Andenken des erlauchten Todten zu schänden und die
entseelte Hülle durch die Straßen Roms am Verbrecher=
haken geschleift zu sehen. Aber schon erhob sich der
Rächer. Antonius hatte bis dahin der Debatte schein=
bar ohne besonderes Interesse zugehört. Jetzt aber er=
griff er das Wort.

„Gern," sagte er, „bin ich erbötig über Cäsar ab=
stimmen zu lassen; allein die Pflicht gebietet es, Sena=
toren! euch vorher auf einige Folgen der Achtserklärung
hinzuweisen. Wird Cäsars Stellung als Staatsober=
haupt für gesetzlich erklärt, so bleiben auch alle seine
Verfügungen und Einrichtungen ungefährdet bestehen;
im umgekehrten Falle werden alle von ihm getroffenen
Anordnungen aufgehoben, sein Leichnam in die Tiber
geworfen und alle die, welche Aemter und Würden von
ihm erhalten haben, derselben verlustig gehen."

Gerade mit diesen letzten Worten traf der Consul
den empfindlichsten Punct. Viele der Senatoren und

der Verschworenen waren von Cäsar in hohe Stellen
bei der Armee und in den Provinzen eingesetzt; andere
bekleideten städtische und priesterliche Aemter; manche
hatten die Anwartschaft für die nächsten Jahre be=
kommen. Demnach erschien Vielen die Aechtung Cäsars
als Selbstmord. Sich einer neuen gesetzmäßigen Wahl
zu unterziehen, war den Meisten mehr als bedenklich.
Dolabellas angemaßtes Consulat z. B. beruhte einzig
auf dem Willen Cäsars, ihn zu dieser Würde zu erhöhen;
seine Jugend machte ihm, den Gesetzen gemäß, die Be=
kleidung dieses Amtes unmöglich. Wurde gegen Cäsar
gestimmt, so war er ohne Consulat.

So veränderte sich die ganze Scene; die Majorität
verwandelte sich wie durch einen Zauberschlag in die
Minorität. Stimmen, die noch eben in wilder Lüstern=
heit und tödtlichem Ingrimme die Entweihung der Leiche
laut und stürmisch fordern wollten, verstummten, als
Antonius mit schlechtverhehltem Hohne hinzeigte auf
die jähe Tiefe, die sich plötzlich vor ihnen aufthat.

Während die Debatte auf diese Weise auf ein ganz
neues Feld gelenkt wurde, ließ sich mit einem Male
wildes Rufen und Schreien von draußen vernehmen.
Antonius beruhigte den Senat, verließ die Curie auf
einen Augenblick und ging hinaus auf den freien Platz.
Hier wollte die zahlreich versammelte Menge ihn sehen;
in Besorgniß über sein Schicksal verlangte sie von ihm,
daß er sich schützen solle, um nicht ebenfalls ein Opfer
feigen Mordes zu werden. Antonius schlug die Toga

auseinander, zeigte einen Panzer und ein kurzes
Schwert unter derselben und bedeutete die Menge,
für jetzt nicht um ihn besorgt zu sein. Als er in den
Senat zurückkehrte, wurde noch hin= und hergestritten.
Antonius gebot Schweigen und redete die Senatoren
also an:

„Versammelte Senatoren! während eurer Abstim=
mung über die Verschworenen habe ich meine Ansicht
gänzlich zurückgehalten; als ihr aber von mir fordertet,
auch über Cäsar abstimmen zu lassen, ob er als Tyrann
zu erklären und sein Andenken zu brandmarken sei, habe
ich euch schon auf einige Folgen einer solchen Erklärung
aufmerksam gemacht. Bedenkt, welch ein erbitterter
Streit sich unter euch erhoben hat bei der Besprechung
einer zu erneuernden Wahl der von Cäsar ernannten
Magistrate! Erwägt nun weiter! Der Dictator hat im
Orient und Occident, in den Provinzen und in Italien
die manigfachsten und tief eingreifendsten Einrichtungen
getroffen, die alle aufgehoben werden müssen, wenn ihr ihn
jetzt für einen Usurpator erklärt. Wie schwer zu lösende
Verwickelungen werden sich daraus ergeben! Wie wird
Aufruhr und Krieg die nothwendige Folge sein müssen!
Was aber wird Italien sagen, was die siegreichen Le=
gionen, die erprobten Veteranen, deren Grimm jetzt schon
kaum zu bändigen ist, wenn ihr den vergötterten Herr=
scher im Tode ächtet und die feigen Mörder vom Capi=
tol herunterbegleitet im Triumphzuge? Wie aber, wenn
sein Leichnam durch die Straßen geschleift wird? Wer=

ben sie sich nicht wie Ein Mann erheben und blutige
Rache an den Verschworenen, an euch, euren Gattin=
nen, euren Kindern nehmen? Wie werdet ihr euch recht=
fertigen vor Göttern und Menschen? Der Unvergleich=
liche, den ihr selber wegen seiner unsterblichen Verdienste
um das gesammte Vaterland „Vater des Vaterlandes"
genannt und ihn für unverletzlich erklärt habt, soll
geächtet werden, nachdem ihn treulose Verräther an dem
geweihten Orte vor den Augen des Senates schändlich
ermordet haben! Steht ab, Senatoren! ich beschwöre
euch, steht ab von solch einem Beginnen, daß euch sel=
ber in den Augen der Mit= und Nachwelt besudeln
würde mit dem Vorwurfe des verruchtesten Undankes!
— Meine Ansicht geht dahin:. sämmtliche Verfügun=
gen und Einrichtungen Cäsars für gültig zu erklären,
die Mörder unter keiner Bedingung zu loben, denn
dies wäre ein Verbrechen, ihnen aber aus reinem
Mitleiden und aus Rücksicht gegen ihre Angehörigen zu
verzeihen."

Die Wucht der scharfen, mit dem Ernste innerer
Wahrheit gesprochenen, Rede schüchterte den Senat so
gewaltig ein, daß er dem Botum des Consuls seine
Beistimmung gab.

So endete die erste Scene des ersten Actes eines
der gewaltigsten Dramen, das jemals die Welt be=
wegt hat.

Die Verschworenen waren durch Senatsbeschluß
statt gefeierter Thrannenmörder gebrandmarkte Ver=

brecher, die man aus Mitleid begnadigt hatte. Die
cäsarianischen Verfügungen wurden anerkannt und
fest begründet; eine wie furchtbare Waffe sie in kür=
zester Zeit in den Händen des Antonius werden sollten,
ahnte Niemand. —

Die erste Zusammenkunft des Antonius mit dem Cäsar Octavianus nach der Ermordung Cäsars.

Sed velim scire quid adventus Octavii, num
qui concursus ad eum, num quae νεωτερισμοῖ
auspicio. Non puto equidem, sed tamen quid-
quid est scire cupio.

Cicero ad Atticum. Lib. XIV. V.

Die Ermordung Cäsars war für das römische Reich der Anfang einer schreckensvollen Zeit. Der größte Geist des Alterthums war meuchlings gemordet. Der schöpferische Genius, der das gewaltige Staatsleben allseitig durchdrang und der den einfachsten Verhält= nissen des Privatlebens, wie der mit den größten Schwierigkeiten verknüpften Organisation der einzelnen Städte, Provinzen, des ganzen Reiches eine gleich= mäßige Aufmerksamkeit zuwandte, waltete nicht mehr. Keine starke, sichere Hand lenkte das Steuerruder des Staates, welcher aus den Fugen zu gehen schien.

Millionen von Menschen sahen schweren Herzens einer drohenden Zukunft entgegen. Viele der Edelsten und Besten der Nation sprachen ihren Schmerz auf die ergreifendste Weise aus und beklagten tief das Schicksal, das den vergötterten Dictator betroffen. Die Worte, die der edle römische Ritter Matius seinem großen Freunde nachrief, die tief empfundenen Aeußerungen eines Asinius Pollio und besonders Ciceros oft so unfreiwilligen Ergüsse der Anerkennung, die er der vollendeten Bildung und der Herrschergröße des Ermordeten spendet, werden dauernde Ehrendenkmale Cäsars bleiben.

Nach der Senatssitzung vom 17. März kamen die Verschworenen vom Capitol herunter. Sie wagten freilich selbst jetzt noch nicht einen solchen Schritt, ohne Geißeln zu fordern, und Antonius wie Lepidus schickten ihnen ohne Weiteres ihre Söhne. Darauf erfolgte ein allgemeines Versöhnungsfest. Die Menge jauchzte Beifall, und Antonius sah mit innerer Angst, wie sie den Mördern eine plötzliche, ihm selbst unerwartete, Theilnahme schenkte. Ihre Ruhe wurde ihm unbequem.

Die beste Gelegenheit, das Volk gegen sie aufzureizen, gab ihm das Leichenbegängniß Cäsars, welches am 19. oder 20. März stattfand auf dem Forum. Allerdings hatten die Anhänger der Verschworenen die Oeffentlichkeit des Begräbnisses zu verhindern gesucht, ohne jedoch mit ihrem Vorschlage durchdringen zu können.

Zuerst wurde das Testament Cäsars vorgelesen. Jedem Römer waren 100 Drachmen vermacht. Außerdem hatte Cäsar dem Volke seine Gärten jenseits der Tiber geschenkt. Octavian, der Enkel der Julia, Cä-

fars Schwester, war von ihm adoptirt und zum Haupt=
erben eingesetzt.

Nach der Verlesung des Testaments wußte Antonius
durch eine außerordentlich künstlich berechnete Rede das
Volk so gegen die Mörder aufzuregen, daß man einen
Angriff gegen ihre Häuser machte mit Fackeln in der
Hand, und ganz Rom in die gewaltigste Aufregung ver=
setzt wurde. Einige der Mörder flohen aus der Stadt,
oder begaben sich in die ihnen bestimmten Provinzen.
So ging Trebonius nach Kleinasien und Decimus Bru=
tus, allerdings erst einige Wochen später, nach Gallia
Cisalpina. Andere, wie Marcus Brutus und Cassius,
hielten sich verborgen, und wagten es nicht, öffentlich zu
erscheinen.

Wir wollen jetzt versuchen, über die ganze Lage
Roms, besonders über das Auftreten des Antonius bis
zur Zusammenkunft des Adoptiverben mit ihm, eine
kurze Uebersicht zu geben.

Wir erinnern uns, daß in der oben erwähnten Se=
natssitzung die Anerkennung sämmtlicher Verfügungen
Cäsars der Preis war, für welchen die Begnadigung der
Mörder erkauft wurde.

Nun befand sich aber der Consul Antonius in dem
Besitze sämmtlicher vom Dictator hinterlassenen Papiere.
— Sein ganzes Streben ging darauf hin, sich selber die
Alleinherrschaft zu sichern, alle Hindernisse zu entfernen,
die ihn von dem ersehnten Ziele zurückhalten konnten,
und suchte er sich zu diesem Zwecke in den Besitz von

17

Truppen und Geld zu setzen. Den Privatschatz Cä=
sars, sowie den des Staates, hatte er bereits an sich zu
bringen gewußt. — Zuvörderst trieb er den schänd=
lichsten Mißbrauch mit dem schriftlichen Nachlasse des
Dictators. Bestimmungen und Anordnungen, an die
der Ermordete niemals gedacht hatte, wurden unter
dessen Namen bekannt gemacht. Antonius, dem der
Schreiber Cäsars Faberius gänzlich zu Willen war,
verfaßte ganz seinem persönlichen Interesse gemäß Be=
schlüsse und Gesetze. Einzelnen Städten, Provinzen, ver=
lieh er im Namen Cäsars große Vergünstigungen zum
Nachtheil des Staates, zu seinem eigenen Vortheile;
denn nur für schwere Summen konnte man seine Gunst
erkaufen; für solche aber war er zu Allem bereit.
Sein Haus glich einem Markte. Antonius und
seine hab= und herrschsüchtige Gemahlin Fulvia ver=
standen es vortrefflich, sich auf jegliche Weise in den
Besitz unermeßlicher Summen zu setzen.
Aber nicht nur unter dem Namen Cäsars schaltete
der Consul ganz nach Willkür; er gab sogar Gesetze,
welche anderen entgegen waren, die der Dictator in den
Comitien hatte bestätigen lassen, und handelte so durch=
aus im Widerspruche mit dem ausgesprochenen und all=
bekannten Willen Cäsars. Ja, er wagte es sogar, um
dem Senate, den er sich aus manchen Gründen für jetzt
noch nicht vollständigst verfeinden wollte und den er
ohnehin durch seine Leichenrede auf das bitterste belei=
digt hatte, eine Huldigung darzubringen, auf Abschaf=

2

fung des Namens der Dictatur anzutragen und damit
die Dictatur des Cäsar als eine ungesetzliche zu erklären.
   Ueberhaupt handelte er nach keiner Seite als Ver=
treter der Cäsarianer, sondern nur in seinem persön=
lichen Interesse.
   Auf diese Weise spaltete sich die cäsarianische Partei.
   Die für das folgende Jahr von Cäsar designirten
Consuln, Hirtius und Pansa, eifrige Cäsarianer, woll=
ten sich dem frechen und rücksichtslosen Gebahren des
Consuls nicht fügen und sprachen laut und heftig ihre
Erbitterung gegen ihn aus. — Auch die Veteranen
murrten, daß Antonius nicht Rache genommen an den
Mördern und daß er schnöder Selbstsucht halber un=
dankbar gegen den Begründer seines Glückes handele;
von allen Seiten ließen sich Worte der tiefsten Ent=
rüstung und des bittersten Ingrimmes hören über den
Consul, der den Mördern Verzeihung zugestanden, nur
um sich selber die höchste Gewalt anzueignen.
   Noch größer war die Wuth der Optimaten. Furcht
und nichts als Furcht hatte sie nach eigenem Geständniß
am 17. März gezwungen, die Verfügungen Cäsars zu
bestätigen. Jetzt mußten sie in ohnmächtiger Wuth
jedem Winke, jeder flüchtig hingeworfenen Aufzeichnung
des ermordeten Dictators Folge leisten. Kein Sträuben
half! „Wie, willst Du es wagen, gegen den Wink Cäsars
zu handeln?" Das war die Antwort, die man ihnen
gab, wenn sie es wagten, irgendwie Protest zu erheben.
   Um sich selber einen starken persönlichen Anhang zu

verſchaffen, ließ der Conſul durch ſeinen Bruder, den Volkstribunen Lucius Antonius, ein Ackergeſetz durch=bringen, wonach den Veteranen in verſchiedenen Theilen Italiens, beſonders aber in Campanien, Ländereien an=gewieſen wurden. In letzterer Gegend übernahm er ſelbſt Ende April bis Mitte Mai die Anſiedelung. Von einem großen Gefolge, von Schauſpielern, Würfelſpie=lern und anderem loſen Geſindel umgeben, gab er ſich den zügelloſeſten und wildeſten Orgien hin. Die Güter mancher Pompejaner, die Cäſar verſchont hatte, wurden von ihm in Beſitz genommen. So unter anderen das Gut des hochgefeierten, gelehrteſten Römers ſeiner Zeit, des Terentius Varro. Der Sitz der Muſen wurde ſchändlich entweiht; der Taumel bacchantiſcher Luſt durch=tobte die Hallen ernſter Studien und ſinniger Forſchung.

Doch verlor Antonius trotz ſeines wüſten Lebens ſein Ziel nicht aus den Augen. — Er ſuchte ſich vor ſeinen gefährlichſten Feinden ſicher zu ſtellen. Vor Allem ging ſein Augenmerk darauf hin, den Sextus Pompejus abzuhalten von einem entſchiedenen Auftreten gegen ihn.

Die Söhne des Pompejus Magnus, Cnaeus und Sextus Pompejus, hatten in der Schlacht bei Munda im Jahre 45 den letzten großen Entſcheidungskampf gegen Cäſar gewagt. Nach blutigem Ringen war dem Dictator der Sieg zugefallen. Cn. Pompejus kam bald nach der Flucht um. Sextus Pompejus, roh und unge=bildet, ohne ſtaatsmänniſches und Feldherrentalent, hatte ſich mit der Zeit erholt in Spanien, wo ſein Vater von

2 *

jeher viel Einfluß besessen hatte. Hier sah er sich durch
die Gunst der Umstände bald an der Spitze einer bedeu=
tenden Heeresmacht, und hatte den Statthaltern Cäsars,
wie dem Asinius Pollio, viele Schwierigkeiten und auch
manche Niederlage bereitet. Als ihn die Nachricht von
der Ermordung Cäsars erreichte, hatte er etwa 5—6
Legionen unter sich. Dem Antonius war es nun von
außerordentlicher Wichtigkeit, von Seiten des Pompejus
für jetzt wenigstens Ruhe zu haben, und er ließ deshalb
durch seinen ihm ergebenen Verwandten Marcus Lepi=
dus, den Statthalter des diesseitigen Spaniens und des
narbonensischen Galliens, Verhandlungen mit Pompejus
einleiten. Wenn auch diese für den Augenblick nicht zum
Ziele führten, so hatten sie doch die beabsichtigte Folge,
den Sextus Pompejus von aggressiven Schritten abzu=
halten.

Der Consul Dolabella, College des Antonius, konnte
wegen alter Todtfeindschaft leicht ein gefährlicher Geg=
ner des Consuls werden, um so mehr, da die Pompeja=
nische Partei Alles that, um das Zerwürfniß zwischen
ihm und dem Antonius unheilbar zu machen. Deshalb
suchte Antonius diesen, den die Optimaten nur zu gern
als ihren Anführer gegen die immer furchtbarer heran=
wachsende Macht des Antonius gebrauchen wollten, durch
verschiedene Mittel auf seine Seite hinüberzuziehen. Zu=
erst verschaffte er ihm die reiche Provinz Syrien zur
Verwaltung, die eigentlich schon dem Cajus Cassius von
Cäsar für das Jahr 43 bestimmt war. Zu gleicher Zeit

wußte es Antonius dahin zu bringen, daß auch die sechs
in Macedonien stehenden Legionen, welche Cäsar dahin
vorausgeschickt hatte, um mit ihnen gegen die Parther
zu ziehen, dem Dolabella zugewiesen wurden. In einem
geheimen Vertrage aber mit diesem hatte er sich fünf
Legionen ausbedungen, da Dolabella in Klein-Asien doch
noch Streitkräfte genug finden würde. Als Dolabella
selbst durch diese reichen Anerbietungen des Consuls noch
nicht gewonnen schien, so entschloß sich Antonius dazu,
die ungeheuren Schulden des Wüstlings aus dem öffentlichen Schatze zu bezahlen, indem er eine erlogene An-
weisung aus den Papieren Cäsars nachwies, wonach
diese Summe dem Dolabella gezahlt werden mußte. So
gewann er ihn endlich vollständig für sich.

Wir haben schließlich noch einen Blick auf die Häupter der Verschworenen, Brutus und Cassius, zu werfen.
— Die Optimalen, besonders Cicero, sprachen es laut
und unverhohlen aus, daß der Plan, den sie bei der Ermordung Cäsars gehabt hätten, ein knabenhafter gewesen sei. Antonius, der kühne, verwegene und Nichts
scheuende Consul, hätte zugleich mit ermordet werden
müssen. So sei der Zustand ein schlimmerer, wie vorher; was Cäsar ihnen nie zugemuthet haben würde, das
muthe Antonius jetzt dem Senate zu. Sie selber, die
Häupter, fühlten sich unsicher in Rom, und sahen ihr
Leben bedroht von unruhigen Köpfen, die an der Spitze
zahlreicher, starker und fanatischer Banden, Jedem Tod
und Verderben drohten, der es wagte, gegen den ver-

götterten Dictator zu reden. So verließen sie Rom und
hielten sich bald in dieser, bald in jener Gegend Italiens
auf, ängstlich gemieden von Cicero, der die Berührung
mit ihnen scheute und nur aus Rücksicht gegen seinen
Herzensfreund Atticus sich endlich zu einer Zusammen=
kunft verstand. Kläglich ist das Bild, das er von ihnen
entwirft: „Leck traf ich das Schiff an allen Seiten, oder
vielmehr ganz in Stücken. Rath= und verstandslos irren
sie herum, die Elenden, die sich den Ruhm verschafften,
uns aber die Freiheit nicht wiedergaben."

Das also war der Zustand des Reiches; Alles
gährte; der Boden war vulcanisch. Niemand glaubte
an eine feste Dauer des also zerrütteten Gemeinwesens.
Erbitterung gegen den Consul, Erbitterung gegen die
Mörder; der Senat schwach, sich krümmend unter des
Antonius brutaler Gewaltherrschaft. So sah es in Rom
aus, so in Italien; da kam Octavianus.

Octavian, geboren den 23. September 63 vor Chr.,
war, wie schon bemerkt, der Enkel der Schwester Cäsars.
Seine Mutter war Atia, sein Vater Octavius, den er
jedoch schon sehr früh verlor. Octavius hinterließ ein
bedeutendes Vermögen. Er hatte als Prätor Macedo=
nien verwaltet und genoß eines solchen Rufes, daß
Cicero in einem seiner Briefe an seinen Bruder Quin=
tus den Octavius ihm als Muster zur Nachahmung
empfahl. Die ausgezeichneten Anlagen und der tüchtige
gediegene Charakter des Octavian hatten frühzeitig die
Aufmerksamkeit des Dictators auf sich gezogen, der seinem

Großneffen bald mit inniger Zärtlichkeit anhing, beson=
ders seit dem spanischen Feldzuge im Jahre 45, wo Oc=
tavian, ohne Rücksicht zu nehmen auf seine Krankheit
und drohende Gefahren, dem Dictator unverkennbare
Beweise aufrichtigster Liebe gegeben hatte.

Zur Zeit der Ermordung Cäsars war Octavian erst
18 Jahre alt. Er befand sich seit etwa 6 Monaten in
Apollonia, einer illyrischen Seestadt, wohin ihn Cäsar
geschickt hatte, theils seiner Studien wegen, theils aber
auch, um mit den Legionen, die zum Feldzuge gegen die
Parther nach Macedonien voraus geschickt waren, be=
kannt zu werden.

Die Nachricht von der Ermordung seines Oheims
wirkte natürlich gewaltig auf ihn ein. Seine Freunde
Salvibianus und Agrippa riethen ihm, den Vorschlag
der Anführer der macedonischen Legionen anzunehmen,
die ihn liebten und hochschätzten und die ihm ihren Schutz
und Beistand bereitwilligst anboten. — Octavian glaubte
für jetzt ihrem Vorschlage nicht Folge leisten zu dürfen.
Mit nur wenig Begleitern verließ er Apollonia, begab
sich nach Lupiae, einem nicht weit von Brundusium be=
legenen Orte, wo er nähere Nachrichten einzog über die
Ereignisse in Rom. Von Lupiae begab er sich nach
Brundusium, von da nahm er seinen Weg über Neapel
nach Rom und kam etwa Mitte Mai in Rom an, we=
nige Tage vor der Ankunft des Antonius. —

Verweilen wir einen Augenblick bei Octavian! —
Octavian gehört zu den seltenen Naturen, deren Cha=

rakter schon in früher Jugend als ein fertiger vor uns
steht. Den Grundzug seines Wesens bildet unbedingte
Selbständigkeit in einem Grade, wie sie vielleicht nur
bei Cäsar vorgekommen. Diese Selbständigkeit, ver=
bunden mit einer eisernen Consequenz, einer durch Nichts
zu beirrenden Zähigkeit, einer immerwährend sich gleich=
bleibenden Besonnenheit und Beherrschung seiner selbst,
resultirte aus vollendeter Klugheit und einer Kälte der
Empfindung, die ihn befähigten, Verhältnisse und Men=
schen stets auf das richtigste zu beurtheilen und danach
sein Handeln zu bestimmen. Ein auf sich gestellter,
durchaus realistischer, dem wirklichen Wesen der Dinge
zugewandter Geist. Dabei aber durchströmte seine Adern,
wie ein Feuerstrom, glühender Ehrgeiz. — Das Ziel,
das er sich steckte, unmittelbar nach der Ermordung sei=
nes erlauchten Verwandten, der ihn adoptirt und zum
Haupterben eingesetzt hatte, war auf nichts Anderes ge=
richtet, als mit dem Namen und dem Erbe Cäsars auch
dessen Macht sich anzueignen und die römische Welt als
Gebieter zu beherrschen. — Versetzen wir uns ganz in
seine Lage!

Antonius, im Besitze der Macht, bearbeitet durch
sein Ackergesetz die Veteranen; er umgibt sich mit einer
starken, ausgesuchten, ihm unbedingt ergebenen Leib=
wache. Dolabella an ihn gefesselt; Lepidus an der Spitze
der kriegerischsten Legionen, engverbunden mit dem Con=
sul. Der Senat, sei er noch so erbittert gegen den Con=
sul, sieht unter jeder Bedingung dem Erben Cäsars mit

gewiß nicht ungerechtfertigtem Mißtrauen entgegen. Die Pompejaner selbstverständlich Todfeinde des jungen Ju= liers. Die Verschworenen sogar eher Jedem trauend, selbst dem Antonius, mit dem sie noch nach der Ermor= dung in Verbindung standen, als dem Sohne Cäsars, dessen Ankunft ihnen Unglück verheißend schien. Sein Stiefvater Marcius Philippus und seine Mutter Atia riethen ihm dringend, unter diesen Umständen Erbe und Adoption nicht anzunehmen; beides sei gefahrbringend. Octavian aber wies eine solche Zumuthung als einen Frevel gegen den Dictator zurück und antwortete seinen Eltern mit den Worten des Achilles:

„Möcht' ich sogleich hinsterben, da nicht mir gönnte das Schicksal, Meinen erschlagenen Freund zu vertheidigen!"

Es gehörte in der That ein Charakter sehr selbst= bewußter Natur dazu, um in einer solchen Lage den Gedanken hegen zu können, das Rächeramt zu übernehꞏ= men und sich zum Herrscher machen zu wollen.

Ohne eine schlangengleiche Gewandtheit, ohne die berechnendste Schlauheit war kein sicherer Schritt mög= lich auf dem schlüpfrigen schwankenden Boden; nur ein= mal durfte er straucheln, und für immer sank er; ein einziges unbedachtes Wort, das die tief verschlossenen Pläne verrieth, führte sicher seinen Untergang herbei. Es galt, die wild einherstürmende Kraft des kühnen Demagogen, dessen ganzes Sein mit dem Wohle des Volkes unauflöslich verschmolz, zu vereinigen mit der festen Sicherheit des Mannes und der kühlen Bedacht=

samkeit des Greifes. Seine Festigkeit wurde durch nichts beirrt; im wildesten Sturme, von tosenden Orkanen umheult, wankte Octavian nie; durch die Schreckniffe düsterer Nacht funkelte ihm das Diadem entgegen. — Die außerordentliche Vielseitigkeit, die wunderbare Elasticität feines unermüdlichen Geistes, die seltene Meisterschaft, die Menschen zu beherrschen und ihre Herzen zu gewinnen, verschafften ihm gleich bei seinem ersten Auftreten eine allen Parteien Achtung gebietende Stellung.

Als er nach Brundusium kam und hier bemerkte, wie das Bolk und die Legionen Cäsars Andenken hoch in Ehren hielten, da nannte er sich sogleich in Folge der Adoption Cäsar. Dieser gewaltige Name ward sein Demantschild, der ihn hoch emporhob über die Menge und ihn schützte und deckte gegen des Antonius Arglist und Tücke.

Von allen Seiten strömten ihm auf seiner Weiterreife die Veteranen aus den Colonien Süditaliens entgegen.

Schon sein Aeußeres empfahl ihn. Er besaß einen schönen Körper von vollendetem Ebenmaß der Glieder. Die hellblonden, sanftgelockten Haare, die schönen, glänzenden Augen, vor Allem der einschmeichelnde wohlthuende Klang seiner herrlichen Stimme, schienen den Schluß auf einen ruhigen, milden Charakter zu rechtfertigen.

Kein Wunder, daß die alten Soldaten Cäsars jubelnd und jauchzend eine solche Erscheinung begrüßten;

das war ja des theuren, unvergeßlichen, so tückisch er=
mordeten Feldherrn theurer Sohn, ein Vermächtniß,
auch ihnen vermacht.

Auch das übrige Volk strömte von allen Seiten her=
bei; der laute Jubelruf schwoll an zum Donner; gleich
einem Waldstrom wuchs die Menge; nach Rom wollte
man ihn geleiten; dort sollte er unter ihrem Schutze
Rache nehmen; schirmen wollte man ihn gegen Antonius,
der den Mördern hatte Straflosigkeit zusichern lassen
und der gewiß Arges gegen den Erben beabsichtigte.

Für den Augenblick stimmte es noch nicht mit dem
tief angelegten Plane des jungen Cäsar, sich auf das
Volk und das Heer zu stützen. Freundlich und herzge=
winnend dankte er Allen für die Zeichen ihrer warmen
Liebe und Anhänglichkeit gegen seinen Vater und sich
selber, die ein Balsam wären für sein trauerndes Herz.

So wurde Octavian hoch gefeiert vom Volke und
von den Veteranen. Aber die Senatspartei fürchtete bei
der Ankunft des Jünglings. Mit Schreck und Entsetzen
hatte sie gehört von dem begeisterten Zulaufe des Volkes.
Sie wußte nur zu gut, wie laut, wie unverhohlen sie
ihre Freude, über die Mordthat ausgesprochen hatte.
Bange Ahnungen erfüllten sie; aber Octavian beruhigte
die Geängsteten. Der sanfte Jüngling! Wie war er so
ehrerbietig gegen die Häupter der Aristokratie! Wie so
ganz kindliche Hingebung! Wie schloß er sich nicht an
Cicero an, den hochberühmten Redner! Wie verlangte
ihn nach dessen väterlichem Rathe!

So gelang es ihm, die Optimaten zu beschwichtigen und die Hoffnung in ihnen zu erregen, der herrliche Knabe könne wohl 'eine Schutzwehr werden gegen den unerträglichen Antonius.

Wohl ahnte Niemand in ihm schon jetzt den Würg=engel der Aristokratie, der Cäsars Versäumniß nach=holen, den Rachedämon, dessen Schwert in dem Blute der pompejanisch=senatorischen Partei lange schwelgen, den eisigen Triumvir, unter dessen Fußtritten das Glück blühender Städte Italiens erbarmungslos zertreten wer=den sollte.

Kaum war Antonius in Rom erschienen, als sich Octavian sogleich zu ihm begab.

Nach den ersten allgemeinen Begrüßungen redete Octavian den Antonius also an:

„Als mein Vater Cäsar ermordet wurde, warst Du nicht zugegen; Trebonius, der Schändliche, hielt Dich durch ein Gespräch am Eingange der Curie zurück, da=mit Du Deinem Wohlthäter kein Helfer in der Gefahr würdest. Sicherlich würdest Du eher Dein Leben ge=wagt haben, als dem ruchlos Ueberfallenen nicht zu Hilfe geeilt sein.

„Als man nachher am 17. März im Tempel der Tellus auf eine Belohnung des Meuchelmordes·anzu=tragen die Stirn hatte, da erhobst Du Dich mit Macht gegen einen solchen Vorschlag; hatte man ja doch ur=sprünglich den Plan gefaßt, auch Dich ein Opfer feiger Tücke werden zu lassen. Wie konntest Du aber den

Mördern Strafloſigkeit zuſichern laſſen und ihnen dann ſogar Deinen Sohn als Geißel auf das Capitol ſchicken! Als in Folge Deiner Leichenrede, in der Du die Verdienſte und Thaten meines Vaters gebührend hervorhobſt, das Volk in ſtürmiſchem Eifer die Mörder aus den Mauern Roms vertreiben wollte, da haſt Du Dich fern gehalten. Auch nachher haſt Du keinen Verſuch gemacht, die Mörder wegen Mordes belangen zu laſſen, Du, der Freund Cäſars, Du, der Conſul, Du, Antonius! Du biſt es, der die Mörder hat entfliehen, der ſie hat entkommen laſſen in die ihnen von Cäſar bewilligten Provinzen, die ſie gegen göttliches und menſchliches Recht inne haben, nachdem ſie den nur zu milden Geber treulos ermordet. Hat doch Decimus Brutus die wichtige Provinz Gallia, Ciſalpina, Rom ſo nahe, beſetzt!

„Du kannſt mir antworten, daß dies die Beſtimmung des Senates ſei, aber Du haſt in der Senatsverſammlung bei der Erörterung dieſer Fragen den Vorſitz geführt, Du, der Du Alles anwenden mußteſt, um ſolche Beſchlüſſe zu hintertreiben.

„Und doch konnte man eine Amneſtie als einen reinen Act der Gnade anſehen; eine Verleihung der Provinzen dagegen an die Mörder iſt eine ſchändliche Beleidigung des großen Todten und ſteht im Widerſpruche mit Deiner eigenen Anſicht!

„Ich beſchwöre Dich, Antonius, bei Allem, was heilig iſt, bei den Göttern und bei dem Andenken Cäſars, sei mir bei der gerichtlichen Verfolgung der Mörder ein, Helfer und ein Beistand; sollte Dich aber die Scheu vor den Verschworenen und dem Senate davon zurückhalten, so hindere mich wenigstens nicht in der Erfüllung einer heiligen Pflicht. .

„Nun ist es Dir aber ferner bekannt, daß ich dem Volke, Mann für Mann, die ihm von meinem Vater im Testamente vermachte Summe auszahlen muß, und zwar schleunigst, damit ich nicht durch meine Zögerung den Vorwurf der Undankbarkeit auf mich lade. Alles, was.Du an Kleinodien und Verzierungen aus meines Vaters Besitzthum an Dich gebracht hast, soll Dir ge= schenkt sein, aber das baare Geld gib zurück. Sollte diese Summe nicht genügen, um meine Schuld dem Volke abzutragen, so werde ich unter Deiner Vermitte= lung auch die Hilfe des Staatsschatzes in Anspruch neh= men müssen. Auch die Güter Cäsars werde ich sogleich verkaufen, damit dem Volke sein Recht wird!"

Die unerwartete Freimüthigkeit und Kühnheit des jungen Cäsar setzte den Consul in Erstaunen. Nach kurzer Ueberlegung erwiderte er:

„Wenn Cäsar Dir, mein Sohn! mit der Erbschaft und dem Namen auch die Herrschaft hinterlassen hätte, dann dürftest Du mir Vorwürfe wegen der Verwaltung des Consulates machen. Niemandem bis jetzt verlieh das römische Volk in Folge des Erbrechtes die Herrschaft über sich. Deine Vorwürfe bedürfen mithin nicht der Widerlegung. Auch den Dank beanspruche ich nicht für

irgend eine meiner Handlungen. Nicht Deiner —, des
Volkes wegen handelte ich. — Nur auf eins will ich
Dich hinweisen, was allein in Deinem Interesse von
mir durchgesetzt ist. Hätte ich die Aechtung Cäsars zu=
gelassen, so wäre Alles, was er verfügt, aufgehoben; sein
Testament hätte seine Gültigkeit verloren, mithin auch
Deine Adoption; die Güter wären eingezogen, die Leiche
in die Tiber geworfen. Dies zu hindern, wagte ich den
Kampf mit den verwegenen Mördern und dem ihnen
ergebenen Senate. Namen und Vermögen verdankst Du
mir allein. Deine Geldforderung und den Wunsch, aus
dem Staatsschatze zu borgen, halte ich für Scherz. Dir
ist gewiß unbekannt, wie der Schatz von Deinem Vater
leer hinterlassen, die Einkünfte der Republik zu ihm,
nicht in die Schatzkammer gebracht wurden. Ich fürchte,
daß der Staat bei der anzustellenden Untersuchung einen
Theil des Vermögens Cäsars als sein Eigenthum zurück=
fordern wird. Auch liegt die Befürchtung nahe, daß Dir
wegen der einzelnen Güter Cäsars viele Prozesse er=
wachsen werden. Die Summe des in mein Haus ge=
brachten Geldes war unbeträchtlich, und nichts ist übrig;
denn die Vertreter der Republik, mit Ausnahme des
Dolabella und meiner Brüder, haben das Geld wie das
eines Thrannen sofort getheilt. Durch mich aber sind
sie veranlaßt, durch angemessene Verwendung dieses
Geldes einen Senatsbeschluß zu Gunsten der Verfü=
gungen des Dictators zu bewirken. —

„Handele vernünftig! Gib das Geld, was Dir noch

zu Theil werden wird, nicht dem Volke, sondern den Be=
schädigten. Du hast ja so eben in Apollonia in Deinen
griechischen Schriftstellern gelesen, wie unbeständig und
wankelmüthig die Gunst der Menge ist. Wie oft zer=
trümmerte unser Volk seine Götzen!"

Nur zu deutlich war diese Rede! Empört schied
Octavian vom Consul. Er schwur sich zu rächen; und
die Rache kam nach langen, schweren 13 Jahren! —

Der Abfall der vierten und der Martischen Legion von Antonius zum Cäsar Octavian.

Laudantur exquisitissumis verbis legiones,
quae te reliquerunt, quae a te accessitae sunt,
quae essent, si te consulem quam hostem
maluisses, tunc.

Cicero. 4. Phil. 3.

Die gegen das Ende des Mai 44 vor Chr. statt=
gehabte Unterredung des Octavian mit dem Antonius
hatte dem Ersteren zweierlei klar gemacht, erstens, daß
Antonius nach der Alleinherrschaft strebe und den Se=
natsbeschluß, die Verfügungen Cäsars sollten gültig
bleiben, nur in so weit zur Geltung bringen wolle, als
derselben dazu dienen könne, ihn seinem Ziele näher zu
führen.

Zweitens aber hatte er daraus ersehen, daß der
Consul ihm seine Stellung als Erben Cäsars erschweren
und ihn überhaupt nicht aufkommen lassen wolle. —

Der Mächtigste also im Staate, der Kühnste der
Cäsarianer, der Angesehenste der Feldherren, dabei im
Besitz der höchsten republikanischen Macht, war für den
Augenblick sein gründlichster, erbittertster Gegner, fest

3

entschieden, ohne irgend eine Scheu und Rücksicht alle
Mittel in Anwendung zu bringen, um den Erben mit
kräftiger Faust darnieder zu halten und sich in ihm
nicht einen Nebenbuhler der Macht heranwachsen zu
lassen. —

Welchen Weg schlug Antonius ein zur Erreichung
dieses Zieles? —

Bereits hatte der Consul den hinterlassenen Schatz
Cäsars an sich gebracht und so den Octavian auf das
Empfindlichste beeinträchtigt. Der ungleich größere
Theil des Vermögens bestand aber in einer großen
Menge von Gütern, die Cäsar während des Bürger=
krieges für den Staat einzog und dann käuflich an sich
brachte.

Die früheren Besitzer, größtentheils Pompejaner,
hielten die augenblickliche Lage der Dinge für günstig,
um wieder zu dem ihnen entzogenen Eigenthume zu
gelangen. — Von allen Seiten wurden dem Octavian,
als er die Güter verkaufen wollte, Hindernisse bereitet;
die Processe wurden besonders bei dem Antonius an=
hängig gemacht, und immer fiel der entscheidende Spruch
zum Nachtheile Octavians aus. Die beiden Miterben
des Octavian, Pedius und Pinarius, ebenfalls nahe
Verwandte des Dictators, denen der vierte Theil des
Vermögens hinterlassen war, wandten sich nun an den
Antonius und beschwerten sich über das gegen sie ein=
geschlagene Verfahren. Antonius handele im offenen
Widerspruch mit dem Beschlusse des Senates und vor

Allem mit sich selber; denn ihm habe man ja denselben besonders zu verdanken. Seien Cäsars Verfügungen gültig, so sei auch sein Testament gültig; den Erben bei dem Verkaufe der Güter Schwierigkeiten bereiten, sei nichts Anderes, als eine offenbare Uebertretung des Senatsbeschlusses.

Antonius stellte nicht in Abrede, daß allerdings seine in Angelegenheit der fraglichen Güter gegebenen Entscheidungen mit jener Bestimmung im Widerspruche ständen. Allein es sei zu erwägen, daß dieser Beschluß nur widerwilligen Herzens von den Senatoren gefaßt sei, um das stürmisch aufgeregte Volk zu beruhigen wegen der Amnestie. Jetzt sei es aber besser, Rücksicht zu nehmen auf so viele edle Männer, denen man ihr angeerbtes Vermögen entzogen, als auf einen Jüngling, der plötzlich und unerwartet so reich geworden und seinen Reichthum nur anwenden werde, um seiner Keck=heit und um seinem Uebermuthe freien Lauf zu lassen. Uebrigens wolle er sie, den Pedius und Pinarius, ungekränkt lassen; sie möchten sich von Octavian ihren Antheil herausgeben lassen, den sie dann ohne Furcht vor Einspruch in Ruhe besitzen könnten: Beide folgten seinem Rathe, aber nur, um nachher dem Octavian ihren Antheil zu überlassen. —

Während so Octavian Schritt für Schritt vom Antonius gehemmt wurde, nahte die Zeit, daß Cajus Antonius, des M. Antonius Bruder, als Prätor Vor=bereitungen traf, um im Namen des M. Brutus, welcher

von Rom abwefend war, dem Volke Spiele zu geben.
Offenbar war die Abficht der Antonier, den Namen des
Brutus als Schreckmittel gegen den Octavian zu ge=
brauchen. —

Dies erkannte Octavian; um fo mehr fetzte er Alles
daran, um fich der Stimmung und der Liebe der Römer
mehr und mehr zu verfichern. Er verkaufte daher die
Güter Cäfars, fo weit es ihm irgend möglich war, oft
für die unbedeutendften Summen; dann wandte er fich
an die Vorfteher der fünf und dreißig Tribus, händigte
ihnen das Geld ein und bat, es unter ihre Zunftgenoffen
zu vertheilen, fprach fein Bedauern aus, für den Augen=
blick nicht mehr zahlen zu können, da er widerrechtlich
und fchändlich durch den Antonius um das Seinige
betrogen würde; nicht ruhen und raften werde er, bis
er dem Volke die demfelben verheißene Summe gezahlt. —

Da nun wegen der Feindfchaft mit dem Antonius
das Geld zu langfam einkam, fo verkaufte Octavian die
ihm von feinem Vater Octavius hinterlaffenen Be=
fitzungen. Aber auch diefe Summen genügten nicht.
Deshalb überließen ihm feine Mutter Atia, fein Stief=
vater Philippus, feine Freunde ihre Güter; er verkaufte
Alles, was ihm irgendwie zur Verfügung ftand, um dem
Volke zu zahlen, was demfelben von Cäfar vermacht
war. —

Dies fruchtete. — Die allgemeine Liebe wandte fich
rafch dem Erben zu. Denn diefer zahlte nicht mit dem
ihm von Cäfar gewordenen Erbe, nein, fein eigenes

Vermögen und das seiner nächsten Angehörigen opferte
er freudig; Nichts konnte ihn hindern an der Erfüllung
so theurer Pflichten; alle Schwierigkeiten überwand die
heiße Liebe zu seinen Mitbürgern.

Ganz Rom ward elektrisirt. Dem Zauber dieser
glänzenden Erscheinung, die in der Liebe zum Volke ihre
höchste Glückseligkeit fand, wer konnte ihr widerstehen?
Laut und offen sprach man es aus, daß man nicht länger
stummer Zuschauer der Verfolgungen sein wolle, mit
denen der Consul Roms Liebling heimsuche. —

Antonius hatte sich gründlich verrechnet. Er er-
schwerte dem Erben den Verkauf der Güter, damit dieser
durch die Auszahlung dessen, was Cäsar dem Volke
vermacht, nicht die Liebe desselben gewönne. Nun aber
zahlte Octavian unter dem Vorwande heiliger Pflichten
aus eigenen Mitteln, und die vom Consul gefürchtete
Hinneigung zum Octavian verwandelte sich in die
lauteste, glühendste Begeisterung. —

Bald bot sich Gelegenheit, diese Gesinnung zu be-
thätigen.

Bei den im Anfang des Juli im Namen des Brutus
gegebenen öffentlichen Spielen, die man mit aller nur
irgend ersinnlichen Pracht feierte, und denen sich glänzende Jagden anschlossen, worin der Schaulust die
schönsten Exemplare wilder Thiere vorgeführt wurden,
versuchte eine Rotte gemietheter Schreier die Rückkehr
des Brutus und Cassius nach Rom zu fordern. Aber
stürmisch erhob man sich von allen Seiten gegen ein

solches den Octavian tief verletzendes Begehren und die Schreier mußten verstummen.

. Der Haß des Volkes gegen den Antonius sollte bald neue Nahrung finden. — Als der Aedil Critonius Spiele gab, verlangte Octavian, daß bei dieser Gelegenheit der vergoldete Sessel Cäsars nebst dem goldenen Kranze öffentlich aufgestellt würde. Zu dieser Forderung berechtigte ihn ein ausdrücklicher Senatsbeschluß vom vorigen Jahre. Der Aedil, der pompejanischen Partei angehörig, verhinderte es. Octavian wandte sich an den Antonius. Dieser giebt die Antwort, darüber solle an den Senat berichtet werden.

Die Antwort empört den Octavian.

„Trage die Angelegenheit," ruft er, „dem Senate vor; ich werde mich, so lange der Beschluß besteht, nicht hindern lassen, öffentlich den Sessel auszustellen." Dem Consul blieb, um dies zu verhindern, nichts übrig als Gewalt.

Aber Octavian sollte noch tiefer gekränkt werden, sein Märtyrerthum hatte das Ende noch nicht erreicht. — In der Schlacht bei Pharsalus hatte Cäsar der Stammmutter seines Geschlechts, der Venus Genetrix, für den Fall des Sieges einen Tempel und Spiele gelobt. An der Erfüllung dieses Gelübdes hatten den Dictator seine vielen Kriege gehindert. Diese Spiele wagten die damit Beauftragten aus Furcht vor dem Senate und dem Antonius nicht zu geben. Deshalb unternahm es

Octavian allein mit seinem Freunde, dem edlen römischen Ritter Matius, und mehreren Andern.

Auch hier verhinderte Antonius die Aufstellung des goldenen Sessels nebst dem goldenen Kranze. — Da ergrimmte das Volk. Es sei eine schändliche Undankbarkeit des Antonius, daß er so wenig das Andenken an seinen Wohlthäter in Ehren halte; unverzeihlich und empörend sei seine Härte gegen den Erben des Dictators.

Octavian wandte sich an die Menge, an Alle, die von Cäsar Wohlthaten empfangen, und an die Veteranen; sie möchten nicht zugeben, daß er so schmählich von dem Manne behandelt werde, den sein Vater so hoch erhoben; würde Cäsars Andenken mißachtet vom Consul, so würde die Sicherheit aller Anhänger des Dictators gefährdet werden. An allen öffentlichen Plätzen donnerte er gewaltig gegen die Frechheit des Antonius. „Höre endlich auf," rief er ihm zu, „Cäsar um meinetwillen zu beschimpfen; nimm Alles, was er hinterlassen, möge mir nur so viel von Deiner Gier und Habsucht übrig bleiben, um dem Volke die Legate zahlen zu können."

Antonius verfehlte nicht zu antworten, er drohte dem Octavian mit seiner Rache; jeden Augenblick schien der Kampf zwischen beiden ausbrechen zu müssen.

Da aber legten sich die Anführer der aus einigen tausend Mann bestehenden Leibwache des Antonius in das Mittel. So sehr sie diesem auch ergeben waren, so sehr auch dieser jene auf alle ersinnliche Weise an sich

gefeffelt hatte, fo gewannen fie es doch nicht über fich,
die Mißhandlung des Erben ihres vergötterten Feld=
herrn ftillfchweigend mit anzufehen. Sie befchwore
den Antonius dringend, abzulaffen von der Verfolgung
des jungen Cäfar; er mache fich dadurch der Undank=
barkeit gegen den ermordeten Dictator fchuldig.

Antonius gab nach; nicht er, fondern der Stolz
und das hochfahrende Wefen Octavian's fei Schuld an
dem Zerwürfniffe. — Außerdem aber war es dem
Antonius für den Augenblick von wefentlichftem Nutzen,
mit dem Octavian, deffen Namen in Aller Herzen lebte,
fich zu vereinigen. So kam es zur Verföhnung unter
der befondern Mitwirkung der Leibwache des Confuls.

Wir haben jetzt auf die politifche Thätigkeit des
Antonius einen Blick zu werfen.

Bald nach der Ermordung des Dictators hatte
Antonius dem Conful Dolabella die Provinz Syrien
anweifen laffen, zugleich mit den in Macedonien ftehen=
den fechs Legionen, die vom Cäfar zum Kriege gegen
die Parther beftimmt waren. Dann ließ er fich felber
vom Senate Macedonien geben, worauf der Senat um
fo eher einging, da ja die gefürchteten Legionen unter
dem Commando des Dolabella nach Syrien gegen die
Parther abgehen follten.

Nun war es für Antonius theils wegen der drohen=
den Nähe des Decimus Brutus in Gallia Cisalpina,
theils wegen des wachfenden Einfluffes des Octavian
nöthig, felbftftändig an der Spitze einer bedeutenden

Heeresmacht zu stehen. Er ließ deshalb das fälschliche Gerücht verbreiten, daß die an Macedonien grenzenden Völker einen Einfall in dieses Land beabsichtigten, demnach müßten die Heere dort bleiben. In Folge dessen wurden ihm fünf Legionen zugesprochen von dem Senate, den Antonius durch verschiedene Vorschläge und Bestimmungen geködert hatte.

Das war der zweite Schritt.

Nun aber wollte Antonius das Heer nach Italien hinüberbringen. Es mangelte ihm aber dazu an einem genügenden Vorwande. Diesen zu finden, wandte er sich an den Senat mit dem Anliegen, ihm Gallia Cisalpina abzutreten mit sämmtlichen darin stehenden Truppen, dahin wolle er sich mit den fünf macedonischen Legionen begeben, die sechste solle dem Dolabella bleiben, Decimus Brutus könne dann statt seiner nach Macedonien gehen.

Der Senat erbebte. Der einzige in der Nähe befindliche unbedingte Anhänger der pompejanischen Partei, Decimus Brutus, sollte machtlos Macedonien übernehmen und der ohnehin schon so furchtbare Antonius Proconsul von Gallien werden, und um das Maß voll zu machen, die besten Legionen hinüberführen. Mit der Zustimmung zu diesem Vorschlage glaubte der Senat sein eigenes Todesurtheil zu unterschreiben. Die Verzweiflung gab ihm Muth. Er widerstand. Die Sache wurde dadurch nicht aufgehalten. Antonius wandte sich an das Volk; besonders mit Hülfe des Octavian

erreichte er seinen Zweck; das in den Comitien versam=
melte Volk verlieh die Provinz Gallia Cisalpina dem
Antonius, der sogleich vier Legionen nach Italien
kommen ließ.

Wie kam es, daß Octavian die Hand dazu bot, den
Consul zu unterstützen in einer Angelegenheit, deren
Gelingen ihm, dem Octavian selber, so furchtbar werden
konnte?

Einestheils war es der Haß gegen den Decimus
Brutus, den Mörder seines Vaters; ferner wünschte er
die Römer und die Leibwache des Antonius von seiner
friedfertigen Gesinnung zu überzeugen. Der Haupt=
grund war aber, und es ist auffallend, daß weder von
den alten noch von den neuern Schriftstellern dies her=
vorgehoben wird, der Hauptgrund war offenbar der:
Es lag in dem eigenen Interesse des Octavian, daß die
Legionen von Macedonien nach Italien herüber kämen;
die Anführer derselben hatten ihm ihre Ergebenheit bei
seiner Abreise von Apollonia deutlich genug an den Tag
gelegt und es läßt sich sicher annehmen, daß er fort=
während in Verbindung mit ihnen blieb.

Verschiedene Stellen in den Briefen des Cicero an
den Atticus sprechen es aus, daß Octavian von jenen
Legionen nicht nur Nichts befürchtete, sondern im
Gegentheile auf sie rechnete.

So erklärt sich seine Mitwirkung, die uns sonst
räthselhaft bleiben würde. — Kurze Zeit nach diesen
Ereignissen starb ein Volkstribun. Das Volk wollte

den Octavian wählen. Antonius, ohne Rücksicht zu nehmen auf die wichtigen Dienste, die ihm Octavian so eben erwiesen, widerstand; mit innerem Grolle hatte er sich von der Macht des Erben überzeugen müssen; er untersagte ihm die Bewerbung um das Tribunat; im Uebertretungsfalle drohte er mit harter Strafe. Das Volk wollte seinen Willen durchsetzen. Antonius ver= hinderte die Comitien.

Als Octavian den Consul so unversöhnlich und so erbittert gegen sich sah, traf er seine Maßregeln. Nach allen Seiten hin schickte er seine treuen, gewandten, zuverlässigen Anhänger zu den Veteranencolonien seines Vaters, um mitzutheilen, wie undankbar Antonius gegen Cäsar sei, und wie er ihn, den Erben, verfolge; Andere sandte er ab nach Brundusium zu den von Antonius aus Macedonien herbeigeholten Legionen; hier sollten sie Pamphlete gegen Antonius austheilen und kein Mittel unversucht lassen, die Legionen zum Abfalle von Antonius zu bewegen.

Während auf diese Weise die Katastrophe immer mehr und mehr nahte, versuchten die Centurionen des Antonius von Neuem einen Vergleich zwischen den bei= den Nebenbuhlern herbeizuführen. Sie drangen in den Antonius, um seiner eigenen und ihrer Sicherheit wegen abzustehen von dem Streite mit Octavian. Die gemeinschaftlichen Feinde, Decimus Brutus in Gallia Cisalpina, M. Brutus und Cassius, welche mit aller Anstrengung auffingen, im Osten zu einem Kriege zu

rüsten, nähmen die Kräfte der Cäsarianer hinlänglich in
Anspruch; der Senat warte nur auf den günstigen
Moment, um sich öffentlich für die Mörder zu erklären;
es sei im höchsten Grade bedenklich, sich zu zersplittern
und sich gegenseitig zu befeinden; der Pompejanischen
Partei könne Nichts erwünschter sein. —

Zwar sträubte sich Antonius gegen einen solchen
Vorschlag, doch gab er endlich den nachdrücklichen, ein=
stimmigen Vorstellungen seiner bewährten Krieger nach;
es kam auf dem Capitol zu einer Besprechung und Ver=
einigung der beiden Gegner.

Allein die Eifersucht war zu groß. Kaum hatte
man sich nothdürftig geeinigt, als der Streit von Neuem
sogleich in hellen Flammen ausbrach. — Antonius be=
schuldigte den Octavian, ihm nach dem Leben getrachtet
zu haben. So sehr man nun auch den Octavian liebte,
so billigte man es doch nicht, daß Antonius, der den
Mördern noch immer am furchtbarsten war, auf Anstif=
ten des Octavian meuchlings umgebracht werden sollte.

Nun aber erhob sich Octavian mit rasender Wuth
gegen eine solche Anklage; ihm selber werde nach dem
Leben gestellt, gegen ihn habe der Consul eine so be=
schimpfende und entehrende Anklage nur in der schänd=
lichen Absicht ersonnen, um ihm die Liebe des Volkes,
das Einzige, was ihm geblieben und was für ihn Werth
habe, zu stehlen.

Im heftigsten Zorne begab er sich in die Wohnung
des Antonius, Götter und Menschen rief er zu Zeugen

seiner Unschuld an, er drang auf die genaueste Unter=
suchung von Seiten der Freunde des Antonius. Antonius
ließ ihn nicht vor und verweigerte eine Untersuchung.
Als dies das Volk hörte, wandte es sich dem Octavian
mit erneuerter Liebe zu und hielt jene Anschuldigung
nur für eine boshafte Erfindung des Antonius.

So gährte Alles in Rom, eine furchtbare Schwüle
beengte die Brust eines Jeden; bange Furcht und Hoff=
nung wechselten und hielten die Gemüther fortwährend
in Spannung.

Plötzlich erhält Antonius die Nachricht, die vier
macedonischen Legionen in Brundusium und die Vetera=
nen in den Colonien murrten laut gegen ihn. Noch sei
die Ermordung Cäsars ungesühnt; pflichtvergessen und
treulos handele Antonius gegen seinen Wohlthäter; eine
solche Schmach sei nicht länger zu dulden. Diese Nach=
richt schreckte den Antonius und sogleich begab er sich
nach Brundusium.

Aber auch Octavian säumte nicht. Rasch entschlossen
eilte er nach Campanien, wo Alles von seinen Getreuen
vorbereitet war. Mit eindringlichen Worten schilderte
er den Veteranen in den dortigen Colonien die Härte
und Unversöhnlichkeit des Consuls; er ersuchte sie um
ihre Hülfe und um ihren Beistand. Um den Eifer noch
mehr zu spornen, schenkte er einem Jeden, der zu ihm
übertrat, 500 Drachmen. So sah er sich bald an der
Spitze von 10,000 Mann, mit denen er nach Rom
marschirte.

Der Volkstribun Canutius, der Feind des Consuls, bahnte ihm den Weg; Octavian komme als Feind des Antonius, dem Senate stehe kein anderes Heer zur Verfügung, dankbar möge er die unerwartete Hülfe des Octavian annehmen. Dann führte Canutius den Octavian dem Volke vor; dieser sprach bei dem Tempel der Dioskuren. Unter Anderem kamen in dieser Rede die unter den Optimaten Schrecken erregenden Worte vor: „So wahr es mir erlaubt sein mag, zu den Würden meines Vaters zu gelangen."

Die Rede machte großen Eindruck auf das Volk, aber die Veteranen, welche ihn begleitet hatten, dachten anders. Sie waren dem Octavian in dem Glauben gefolgt, daß sie zu einer Verständigung des Octavian mit dem Antonius beitragen sollten; einen Kampf mit dem Antonius, der sie selber so oft zum Siege geführt, begehrten sie nicht. Dem gemäß baten sie den Octavian unter den verschiedensten Vorwänden, sie zu entlassen. Dieser gerieth in die größte Verlegenheit; doch entließ er sie reichlich beschenkt, dankte für den ihm bewiesenen Eifer und nannte sie seine väterlichen Freunde. Kaum zwei= bis dreitausend Veteranen blieben bei ihm. Aber auch die übrigen kehrten bald zurück. Die harte Arbeit des Feldbaus wollten sie vertauschen mit dem Kriege; die Freigebigkeit Octavians lockte, und seine hinreißende Liebenswürdigkeit hatte die gewaltigen Krieger begeistert. Octavian setzte nun seine Aushebungen fort und bestimmte Arretium in Etrurien zum Sammelplatze.

Wir wenden uns jetzt nach Brundusium.

Antonius verließ die Hauptstadt den 9. October; er wollte die Mißstimmung seiner Legionen gleich im Entstehen beseitigen und ihnen dann ihre weitere Bestimmung anweisen. Angekommen in Brundusium, begleitete man ihn schweigend zu dem Tribunal. Das stumme, vorwurfsvolle Schweigen reizte den Feldherrn; seines Zornes nicht mächtig, rief er aus: „Ihr Undankbaren, statt des beschwerlichen Feldzuges gegen die Parther habe ich Euch das schöne Italien zum Schauplatz Eurer Thätigkeit angewiesen, und kein Wort des Dankes wird gehört! Die Sendlinge des kecken und frechen Octavian mit seinen hochfliegenden Hoffnungen habt Ihr bei Euch aufgenommen, die gekommen sind, um Haß und Zwietracht zu säen, und Ihr wagt es, sie zu schützen und mir die Verräther nicht auszuliefern! Doch selber werde ich die Verbrecher finden, Euch aber will ich nach Gallia Cisalpina führen und jetzt einem Jeden von Euch 100 Drachmen schenken."

Die Antwort der Legionen war ein Hohngelächter über ein solches Bettelgeld. Der Zorn des Antonius schwoll, doch auch die Legionare wurden wilder, hoch auf schlugen die Wogen des Aufruhres. Antonius verließ das Tribunal mit den Worten: „Ihr sollt lernen zu gehorchen."

Dann beruft er die ihm ergebensten Hauptleute zu sich, läßt sich die Listen der unter ihnen Dienenden geben (bei jedem einzelnen Namen war nach römischem Kriegs-

gebrauche der Charakter kurz bezeichnet) und recimirt
nun nach dem Rechte, was ihm als Imperator zustand.
Von diesen Decimirten ließ er sogleich einen Theil hin=
richten.

Die Hoffnung, auf diese Weise die Legionen zu er=
schrecken, schlug fehl. Haß und Ingrimm gegen den
Consul wuchsen.

Antonius hatte den Beauftragten des Octavian
trefflich in die Hände gearbeitet. Die Saat war reif,
die Schnitter fehlten nicht. Eine Fluth von Pamphleten
taucht plötzlich auf. Das knickerige, illiberale Wesen
des Antonius wird verhöhnt, seine Grausamkeit gegen
die Legionen bitter gerügt; der vergötterte Dictator,
den der undankbare Consul nicht gerächt, wird hoch
gepriesen; dem jungen Cäsar solle man helfen, dessen
glänzende Freigebigkeit bekannt sei, der das Fünffache
zahle von dem, was Antonius biete, der den Soldaten
als Freund und Bruder, nicht als Untergebenen be=
handele.

Grenzenlos war die Wuth des Antonius. Große
Belohnungen setzte er auf die Entdeckung der Verfasser
dieses Libells. Allen denen, welche die Verbreiter
desselben verbergen und schützen würden, drohte er mit
den härtesten Strafen. Allein weder die Hoffnung auf
Belohnung noch die Furcht vor Strafen vermochte
irgend einen der Legionäre dazu, die Schuldigen zu
bezeichnen.

In dem Innern des Antonius stürmte es.

Da trifft die Kunde ein von den Rüstungen des
Octavian in Campanien und von dessen Einzuge in
Rom. Sogleich ruft der Consul die Legionen zusam=
men; er spricht sein Bedauern über die Todesstrafen
aus, die zu verhängen die Strenge der Kriegsgesetze
geboten hätte, jetzt aber solle alle Zwietracht schwinden;
sie wüßten ja, daß Antonius weder hart noch gefühllos
sei, auch mit dem Gelde wisse er nicht zu knausern. Die
100 Drachmen, welche er einem Jeden versprochen,
sollten nur ein vorläufiges Handgeld sein, kein eigent=
liches Geschenk, welches erst später erfolgen werde.

So sprach der Consul; er gewann es nicht über sich,
die Summe zu erhöhen, sein Feldherrnstolz litt es nicht;
der Gedanke, von seinen Soldaten zur Nachgiebigkeit
gezwungen zu sein, schreckte ihn.

Schweigend nahm der Soldat die 100 Drachmen und
ohne zu danken, in Empfang. Der Consul verließ nun
Brundusium, vorher aber entsetzte er die ihm besonders
verdächtigen Hauptleute. Dann befahl er dem Heere,
längs des Meeres nach Ariminum, einer Stadt nahe
Gallia Cisalpina, zu marschiren. Er selber begab sich
mit einer prätorischen Cohorte, die er sich erlesen hatte
aus den Tüchtigsten und Treuesten, nach den Campa=
nischen Colonien und von da nach Rom. Hier kam er
Ende November an. Sogleich berief er den Senat, in
der Absicht, den Octavian zu ächten wegen seiner un=
gesetzlichen Werbungen in Campanien und Etrurien.
Allein bei dem Eintritte in die Curie wird ihm die

4

Nachricht gebracht, daß von jenen vier macedonischen
Legionen die Martische und die vierte unter der An=
führung des Egnatulejus zum Octavian übergegangen
seien. Der sonst so Unerschrockene erblaßte. Das hatte
er nicht erwartet. Mühsam erholte er sich von seiner
Betäubung; im Senate ließ er, statt über Octavian zu
sprechen, unbedeutende Angelegenheiten verhandeln.
Kurz darauf begiebt er sich mit den ihm treu gebliebenen
Legionen, einer großen Anzahl von Veteranen und mit
den neu angeworbenen Truppen nach Gallia Cisalpina,
um den Decimus Brutus zu bekriegen, der dem Antonius
seine Provinz nicht abtreten wollte.

Der Abfall der beiden ausgezeichnet tüchtigen Legio=
nen veränderte augenblicks die Stellung Octavians.
Jetzt war ein fester Kern da, an den sich die Veteranen
und die frisch ausgehobenen Mannschaften anschließen
konnten. Octavian sah sich so an der Spitze eines
Heeres von 20,000 Mann.

Es bleibt uns schließlich noch übrig, auf die Wirt=
samkeit des Octavian einen Rückblick zu werfen seit
seiner ersten Unterredung mit dem Antonius bis zu dem
Abfall der beiden Legionen. — Rastlos thätig war er
gewesen; sein fester Charakter hatte die Probe bestanden.
Weder die Abmahnung seiner Eltern, noch der erste
höhnende Empfang des allmächtigen Consuls, noch die
tausendfachen Quälereien und Hindernisse, die den Ver=
lust seines eigenen und seiner Anverwandten Vermögen

zur Folge hatten, vermochten ihn in seinem Plane zu
erschüttern, an deſſen Realiſirung er Alles ſetzte, Gut
und Blut in die Schanze ſchlug. Die anfängliche
Weigerung der campaniſchen Veteranen, ihm gegen
Antonius zu folgen, irrte den Muthigen und ſtets Be=
ſonnenen nicht. Ueberall erkennen wir in ihm einen
Geiſt von der eminenteſten Begabung.

In jener grenzenlos verwirrten, aufgeregten, gäh=
renden Zeit blieb er feſt wie ein Fels; in den fortwäh=
rend ſich neu geſtaltenden, den Blick ſo leicht verwirrenden
Verhältniſſen fand er ſtets das Richtigſte; immer beſaß
er die volle Kraft, Biegſamkeit, Elaſticität, immer den
kühnen Schwung, um ſich auf der Höhe der Situation
zu halten und dieſelbe zu beherrſchen; unter dem Scheine
der Vertheidigung gegen brutale Gewalt wußte er
täglich mehr zu erſtarken.

Keine geringe Aufgabe war es, das unruhige, wan=
kelmüthige, von Furcht und Hoffnung gefolterte, jedem
Eindrucke hingegebene Volk dauernd an ſich zu feſſeln,
und den Antonius auf deſſen eigenem, ihm ſelbſt aber
ſeiner innerſten Natur nach fremdem Gebiete, auf dem
Felde verwegenſter Demagogie, vollſtändigſt zu über=
winden. Ohne Unterlaß verſucht Antonius die Strö=
mung zu hemmen. Einmal gelingt es ihm für den
Augenblick. Aber Octavian gleicht im Momente der
Gefahr der raſenden Windsbraut; er entfeſſelt ſeine
gewaltigen Kräfte; alle Leidenſchaften werden wach
gerufen; der Donner ſeiner mächtigen Beredtſamkeit

4*

läßt die Gegner erbleichen; seine Klagen bewegen das
Volk zur innigsten Theilnahme; alle Gefühle werden
geweckt; die Flamme der Begeisterung erwärmt die
Herzen; Rom, welches so eben zu erkalten schien, durch=
glüht ein neues Feuer.

Antonius, der kühne Demagog, der Alles wagende
Consul, der glänzende, beliebte Feldherr, vermochte nicht
dem Zuge der Herzen Einhalt zu thun; man wagte sein
Leben für Octavian. Drohung, Belohnung, Strafe,
Nichts fruchtete; der jugendliche Cäsar blieb das Idol.

Was nun die Bedeutung des Abfalles der beiden
Legionen zu dem Octavian betrifft, so hat die unpar=
teiische Geschichte ein Recht, denselben als ein welt=
historisches Ereigniß anzusehen. Die Frage, ob der
römischen Welt ein Julier oder Antonier gebieten sollte,
wurde durch diesen Schritt der Entscheidung näher
gebracht. Cäsar konnte jetzt an dem gewaltigen Kampfe,
der sich entspann, den thätigsten und wirksamsten Antheil
nehmen an der Spitze eines tüchtigen, ihm auf Tod und
Leben ergebenen Heeres.

Die Parteistellung des Senates während der Belagerung von Mutina.

Antonium ructantem et nauseantem conjeci
in Cæsaris Octaviani plagas.
Cicero A. P. 13, 25.

(Vom 20. December 44 bis Anfang 43 v. Chr.)

Als Antonius am 28. November 44 v. Chr. den Abfall der vierten und Martischen Legion zum Octavian vernommen hatte, brach er sogleich auf nach dem dies=seitigen Gallien, dem heutigen Oberitalien, mit vier Le=gionen, den neu ausgehobenen Truppen, seiner prätori=schen Leibwache und einer bedeutenden Masse von Hilfs=völkern. Seine Absicht war, den Decimus Brutus, den Statthalter Galliens, zu vertreiben. Dem Antonius war nämlich von dem Volke, etwa im Juli des Jahres 44, diese Statthalterschaft angewiesen; allein viele angesehene Senatoren hatten ben Decimus Brutus schriftlich auf das bringendste ersucht, dem Antonius unter keiner Be=dingung zu weichen. Dazu war Decimus Brutus von selber entschlossen, nun aber um so mehr, da man ihn

wenn auch allerdings vorläufig nur privatim, auffor=
derte, Gallien dem Senate zu erhalten.

Octavian folgte dem Antonius mit den beiden zu ihm
abgefallenen Legionen, ferner mit zwei Veteranenlegionen
und einer, die aus Neuausgehobenen bestand.

Er wollte den Antonius hindern an der Vernichtung
des Decimus Brutus, da ihm alsdann die Macht des
Antonius noch immer zu gefährlich werden konnte. Außer=
dem fürchtete Octavian, daß sich Antonius nach einer
rajchen Ueberwältigung des D. Brutus mit dem Statt=
halter des diesseitigen Spanien und des Narbonensischen
Galliens, dem M. Lepidus und mit dem L. Plancus,
dem Statthalter von Gallia Transalpina verbinden
würde, ohne seine, des Octavian, Mitwirkung. Dieser
vereinigten Macht gegenüber fühlte sich aber Octavian
für jetzt noch nicht gewachsen.

Vorerst hatte Octavian es abgesehen auf eine Demü=
thigung des Antonius; es sollte diesem fühlbar gemacht
werden, wie unbesonnen, wie unpolitisch es sei, den Erben
Cäsars durch Kränkungen und Mißhandlungen jeder Art
von sich zu stoßen. Antonius sollte in dem Octavian
einen ebenbürtigen Gegner erkennen lernen.

So also folgte er im December 44 dem Antonius.

Als sich D. Brutus in dem offenen Felde nicht halten
kounte, warf er sich in das befestigte Mutina, das heutige
Modena, eine römische Colonie, wo er vom Antonius
belagert wurde.

Dahin marschirte nun auch Octavian, um den D.

Brutus zu entsetzen; er wurde bald im Januar 43 bei seinen Unternehmungen gegen den Antonius unterstützt von dem Hirtius, dem Consul des Jahres 43.

Hirtius gehörte zu den feingebildetsten und begab= testen Cäsarianern; der Dictator hatte ihn sehr geschätzt; nach dessen Tode war sein Schmerz über den unersetz= lichen Verlust unverkennbar und ungeheuchelt. Den ent= schiedenen Cäsarianer verleugnete er in den vertrauten Gesprächen mit Cicero nie; nichts destoweniger mißfiel ihm die Willkürherrschaft des Antonius. Die Liebe zu dem Dictator übertrug er auf dessen Adoptivsohn, den Octavian. Hirtius und Octavian belagerten jetzt ge= meinschaftlich den Antonius, welcher seinerseits den D. Brutus eingeschlossen hielt.

Wir haben jetzt die Stellung der Parteien im Se= nate zu betrachten, und besonders die Stellung Ciceros zu würdigen. Nach der Ermordung Cäsars, der den be= rühmten Redner und glänzenden Schriftsteller mit beson= derer Auszeichnung behandelte, ihn mit großem und statt= lichem Gefolge besuchte und mit der höchsten Liebenswür= digkeit dem Lobredner des Cato, dem alten Pompejaner, der sich so gern in dem Glanze seines Consulates sonnte, entgegen kam; nach der Ermordung Cäsars zog sich Cicero bald auf seine Güter zurück, da ihm die Gewalt= thätigkeit des Antonius seine Stellung als Senator ver= leidete. Im Juli beschloß er sogar, Italien ganz zu ver= lassen und sich nach Athen zu seinem dort studirenden Sohne zu begeben. Er kehrte aber von der bereits un=

ternommenen Reise aus verschiedenen Gründen rasch
zurück und befand sich Ende August zu Rom.

Hier hielt er am 2. September die erste Rede gegen
den Antonius, in welcher er in zwar noch verhältniß=
mäßig schonender Weise die Amtsführung des Consuls
einer scharfen Kritik unterwarf. Antonius sagte hierauf
zum 19. September eine neue Senatssitzung an und be=
fahl dem Cicero namentlich zugegen zu sein. Dieser
erschien nicht. Antonius hielt nun gegen den Abwesenden
eine erbitterte Rede; unter anderm machte er ihm auch
den durchaus unbegründeten Vorwurf, um die Verschwö=
rung gegen Cäsar gewußt zu haben. Dieser Angriff
schreckte den Cicero. Von Neuem verließ er Rom und
arbeitete als Antwort seine berühmte zweite philippische
Rede gegen den Antonius aus. Freilich hielt er diese
nie, sondern ließ sie nur im Geheimen unter seinen
Freunden und Anhängern circuliren. —

Unterdessen war der Zwist zwischen Antonius und
Octavian immer weiter gediehen. Der Letztere wandte
sich an Cicero, er schrieb ihm häufig, oft zweimal an
einem Tage, bringend bat er um eine Zusammenkunft;
er beschwor den Consular, ihm mit seiner Erfahrung
und staatsmännischen Einsicht hilfreich beizustehen. Er
forderte ihn auf, nach Rom zu kommen, ihn im Senate
zu vertreten und den Staat zu erretten von des Antonius
Zwingherrschaft.

Cicero schwankte unschlüssig hin und her. Sein
Freund Atticus machte ihn aufmerksam auf die Gefahr,

den Erben Cäsars, den natürlichen Cäsarianer zu heben und zu befördern, um so mehr, da man ja noch gar nicht wissen könne, ob nicht Antonius in diesem Kampfe Sieger bleiben werde.

In dem letzten Briefe an Atticus, vom November 44, sehen wir ihn so noch immer ohne einen festen Entschluß das Für und Wider ängstlich und zaghaft erwägen. Weder dem Antonius noch dem Octavian traut er, - doch neigt er sich unverkennbar schon mehr zu dem Letzteren hin, der ihm auf jede Weise schmeichelt und sich an ihn, als an eine Stütze, anzulehnen vorgibt. Nun erfolgt die Nachricht von dem Abfalle der beiden Legionen zu dem Octavian, und plötzlich verändert sich die ganze Sachlage. Die Dinge entwickeln sich schnell; Schlag auf Schlag drängen sich die Ereignisse; es erfolgen die bereits erwähnten Märsche nach Gallia Cisalpina.

So stehen die Angelegenheiten im Anfange des Jahres 43.

Die Debatten im Senate beginnen; die Parteien treten heraus aus ihrer zuwartenden Stellung, der Kampf wird mit äußerster Heftigkeit geführt, und wahrlich der Stoff zu Verhandlungen war ergiebiger denn je. D. Brutus darf kraft eines früher vom Volke gegebenen Gesetzes nicht länger in Gallien bleiben; dennoch bleibt er. —

Antonius marschirt gegen den Willen des Senates zur Bekämpfung des D. Brutus nach Gallien.

Octavian veranstaltet ohne Auftrag des Volkes und

des Senates Werbungen in Campanien; zu ihm, dem
Privatmanne, fallen zwei Legionen vom Consul ab; ohne
irgend Befugniß zu haben, folgt er dem Antonius an der
Spitze seines Heeres. — Alles steht in der Schwebe; Gesetz und Herkommen
gelten nicht mehr. Selbsucht, nackte Gewalt, verbrämt
durch allgemeine Phrasen, sind an der Tagesordnung. —
Die Aristokratie hatte schon Schlimmes erduldet von
Antonius. Der freche Mißbrauch, den er mit den Pa=
pieren Cäsars getrieben, die Verschwendung der Staats=
gelder, seine brutale Rücksichtslosigkeit hatten den Senat
empört; jetzt war der Proconsul wegen der immer offener
gegen ihn hervorgetretenen feindseligen Gesinnungen auf
das höchste erbittert; die schrankenloseste Militärdespotie
war zu befürchten. —

Als sich nun der Erbe Cäsars, selbstverständlich im
eigensten Interesse, gegen den Antonius erhob, für den
Augenblick aber noch der Unterstützung des Senates be=
durfte, so reichten sich beide, die republikanisch=senato=
rische Partei und Octavian die Hand, und schlossen das
unnatürlichste Bündniß, das je geschlossen ist. —

Der Sohn Cäsars und die Todfeinde der Cäsaria=
ner, die aristokratische Partei, im Bunde gegen den An=
tonius; den Einen kannte man bereits; Octavian aber
war bis jetzt nur Pietät gegen seinen Vater und noch
größere Pietät gegen die Republik. —

Cicero bewirkte nun im Senate zuvörderst ohne
Mühe, daß der Entschluß des D. Brutus, Gallien dem

Antonius nicht abzutreten, öffentlich gut geheißen ward,
und daß man dem Brutus die Vertheidigung dieser Pro=
vinz an das Herz legte. — Dann aber lief das Streben Ciceros darauf hinaus,
dem Octavian eine öffentliche Sanction zu ertheilen, sein
Auftreten gegen den Antonius zu billigen, zu loben, zu
preisen, bis in den Himmel zu erheben; sein ganzes Thun
in dem glänzenden Lichte der Vertheidigung des senato=
rischen Ansehens und der alten republikanischen Ver=
fassung erscheinen zu lassen. —

Den Antonius dagegen sollte man als Feind des
Vaterlandes ächten, seine Güter demgemäß einziehen, alle
von ihm während des Consulates gegebenen Gesetze in
Bausch und Bogen cassiren und ganz Italien gegen ihn
unter die Waffen rufen. —

Es ist der Mühe werth, Ciceros Verfahren gegen
den Antonius in den philippischen Reden etwas genauer
anzusehen.

Er, welcher als Vertreter des senatorischen Ansehens
auftritt, schwächt das Ansehen des Senates, indem er
Alle, die nicht auf seiner Seite sind, als innere Feinde
brandmarkt. Den Senat stellt er dar als schwächlichen
Nachzügler des ausgesprochenen, von Cicero geleiteten,
Volkswillens. Den Feldherren, den legalen, sowie den
illegalen, falls sie nur seiner Partei angehören, schreibt
er: „Kümmert Euch nicht um den Senat, thut, was Ihr
für das Beste haltet, seid Euch selber Senat," und theilt

dann auch dem Senat diese seine Ansichten auf das un=
befangenste mit.

Cicero, der Vertreter der republikanischen Interessen,
wird der größte und eifrigste Vertheidiger des Octavian,
des entschiedensten und consequentesten Cäsarianers. Dies
ist um so wunderbarer und auffallender, da Cicero an
die Mission des Octavian nicht glaubt, wie dies aus
seinen Briefen hervorgeht. Aber die Noth, der Drang
der Umstände waren zu gewaltig; noch hatte man keinen
entschiedenen Vorkämpfer; den Dolabella hatte Antonius
von der Seite des Senates zu sich herübergezogen; D.
Brutus wurde in Gallien auf Tod und Leben angegrif=
fen; M. Brutus und C. Cassius befanden sich im Osten,
und noch hatte man nichts von ihren Rüstungen vernom=
men. Besiegte demnach Antonius den D. Brutus, so
war die Macht des Antonius dem Anscheine nach fest
gegründet.

Auf diese Weise erklärt sich die Hingebung an den
Octavian, den Gegner des Antonius. — Die Partei des
Cicero erscheint nun dem Octavian gegenüber immer in
der Doppelrolle eines Beschützers und eines Schützlings;
in ein und demselben Augenblicke nimmt sie ihn unter
ihre Fittige und wird von ihm beschirmt.

In der ersteren Rolle erscheint sie insofern, als Oc=
tavian nur durch sie eine im Staate anerkannte Stellung
als Proprätor einnimmt, er ist nun kein Freibeuter, kein
Guerillahäuptling, sondern General der Republik an
der Seite der Consuln. —

Dann aber ist diese Partei wieder die beschützte. Nur
dem Octavian und seinem Heere wird einzig und allein
das Verdienst zugeschrieben, Rom von einem Blutbade
errettet zu haben. Antonius, hieß es, würde ohne die
Dazwischenkunft des Octavian und ohne den Abfall der
Legionen bei seiner Rückkehr von Brundusium alle seine
Gegner ermordet haben.

Die von Cicero vertretene Partei wollte den Octa=
vian als ein Mittel gegen den Antonius benutzen; sie
dachten nicht daran, statt des Antonius den Octavian
als Herrn einzutauschen; er sollte ihr dienen; hatte der
Mehr dann seine Schuldigkeit gethan, so hoffte man, ihn
ohne Mühe unschädlich machen zu können.

Dem Scharfblick des Octavian entging dies nicht;
allein es kümmerte ihn auch nicht; die Aristokratie glaubte
ihn gängeln zu können; daß sie in seinen Bahnen wan=
delte, ahnte sie nicht. —

Aber auch einem minder Scharfsichtigen konnte das
dünne Gewebe den Einblick in die wirkliche Sachlage
nicht nehmen. —

Fortwährend gab die Partei zu erkennen, daß Oc=
tavian von Hause aus nur eine ungesetzmäßige Stellung
bekleide, nur durch sie sei er erst befugt zum Handeln;
nicht selten gab sie ihren Ingrimm darüber zu erkennen,
daß die beiden Legionen zum Octavian abgefallen wären,
anstatt sich unter die Autorität des Senats zu begeben.
So thöricht, so verblendet war sie, daß sie fortwährend
hinwies auf seine große Jugend, auf sein Knabenalter;

die Ermordung seines Vaters pries sie als ein freudiges
Ereigniß, und verletzte den Octavian dadurch auf das
tödtlichste —

Was aber selbst dem Blödesten die Augen hätte
öffnen müssen, war der Beschluß der Ciceronianischen
Partei, den Sextus Pompejus, den Sohn des Pompejus
Magnus, in alle seine Güter wieder einzusetzen und das
unumwundene Bekenntniß, daß der Schmuck und Stolz
des römischen Reiches Sextus Pompejus sei; dazu kam
noch der Beschluß, dem M. Lepidus eine goldene Reiter=
statue zu errichten, einzig und allein deshalb, weil er
dem Staate den Sextus Pompejus durch ein mit ihm
abgeschlossenes Bündniß wieder geschenkt hätte. —

So feierte und vergötterte man den Octavian in
demselben Augenblicke, in dem man die erbittertsten Geg=
ner desselben auf jegliche Weise zu stärken suchte.

Als aber nun gar den März 43 M. Brutus in
seiner angemaßten Stellung als Statthalter von Mace=
donien, Illyrien und Griechenland vom Senate auf das
ehrenvollste anerkannt wurde, und als einige Wochen
später Cicero beantragte, den C. Cassius in Syrien und
dem römischen Asien in einer ähnlichen Stellung zu be=
stätigen, da schwand das Blendwerk; selbst die Möglich=
keit einer Täuschung hörte auf. —

War so schon von vornherein und an und für sich
die Stellung dieser Partei zum Octavian eine schwan=
kende, schlüpfrige, unnatürlich erkünstelte, die aber für
den Augenblick absolut vertheidigt werden mußte; so

wurde die ganze Lage dadurch noch schwieriger und ver=
wickelter, daß sich andere Parteien gegen alle Vorschläge
und Anträge Ciceros erhoben.

Vor Allem war sein festester, consequentester Gegner
der gewesene Consul Fufius Calenus, der Schwiegervater
des neuernannten Consuls Panfa, der Freund des An=
tonius, der furchtlose Vertreter der Interessen desselben,
das anerkannte Haupt der Antonianer im Senat. —
Ihm schloß sich in den meisten Fragen L. Piso an, Con=
sul im Jahre 58, der Schwiegervater Cäsars. Ohne
gerade ein Freund des Antonius zu sein, wollte er doch
nicht, daß man den Antonius ächtete, alle Gesetze des=
selben umstieß und sich so den Weg bahnte, um auch
sämmtliche Verfügungen Cäsars aufzuheben. Beide, Ca=
lenus und Piso, wiesen hin auf die Ungesetzlichkeit der
Schritte des Octavian, er habe auf unerlaubte Weise
gerüstet, seine Jugend erlaube ihm nicht, gemäß den be=
stehenden Gesetzen, eine außerordentliche Stellung zu be=
kleiden; die Legionen, die Cicero die himmlischen, die gött=
lichen nannte, die nach Cicero belohnt werden müßten
wegen ihres Abfalles zum Octavian, waren nach der
Ansicht dieser Männer Ueberläufer, die eher alles Andere
als Belohnung verdienten.

Eine andere Partei, die unbedingten Anhänger der
Verschworenen, widersetzte sich ebenfalls der Erhebung
des Octavian; sie wies hin auf seinen Haß und auf seine
Erbitterung gegen die Mörder Cäsars; sie führte aus,
daß die Erstarkung des Octavian die größere Befestigung

der Einrichtungen Cäsars zur nothwendigen Folge haben
würde.

Die Aufgabe Ciceros bestand nun darin, diesen dop=
pelten, aus verschiedenen Lagern sich erhebenden, Wider=
stand zu brechen und ein seiner Partei günstiges Votum
zu erwirken. — Drei Wege schlug er zur Erreichung
dieses Zieles ein.

Er malte den Antonius mit den grellsten Farben —
das scandalöse Privatleben und die rücksichtslose Amts=
führung desselben während des Consulates lieferten ihm
Farben in Fülle. Wir führen zur Veranschaulichung eine
kurze Stelle an: „Wer könnte diese entsetzliche Bestie
ertragen! Was ist in dem Antonius außer Begier, Grau=
samkeit, tollkühner Frechheit? Aus diesen Lastern ist er
ganz und gar zusammengeleimt. Nichts Edles ist in ihm,
nichts Maßhaltendes, nichts Sittsames, nichts Keusches."
In ähnlicher Weise werden die Brüder des Antonius,
sein ganzes Haus, seine sämmtlichen Anhänger geschildert.
Antonius wird den ob solcher Schilderung staunenden
Senatoren vorgeführt, als ein satanischer, ewig trun=
kener, nach frechem Sinnengenuß und nach Blut lechzen=
der „Räuberhauptmann". Die Dämonen der Hölle um=
schwärmen ihn in wildem Tanze; unter seiner Führung
begeht man zügellose Orgien; seines Winkes ist man
gewärtig, um Alles mit Feuer und Schwert zu vertilgen,
um sich dann selber im Taumel der Raserei unter den
Trümmern der römischen Welt zu begraben.

Octavian dagegen erscheint als der lichte Tugend=

engel im lilienweißen Gewande; die Götter haben ihn
gesandt, um die Republik aus den Krallen des wüsten
„Unthiers" zu erretten.

Er ist der herrliche, unsträfliche, göttliche Jüngling,
den jede Tugend schmückt. „Alle persönliche Feindschaft
hat er der Republik zu Liebe aufgegeben; nichts ist ihm
theurer, als die Republik; nichts liegt ihm mehr am
Herzen, als das senatorische Ansehen; nichts ist ihm er=
wünschter, als das günstige Urtheil der wackeren Patrio=
ten, nichts süßer als der wahre Ruhm; eine ähnliche,
herrliche Gestalt hat die Geschichte aller Zeiten nicht auf=
zuweisen!"

Dann aber wandte sich Cicero auch an das Volk.
Er hatte hierin leichtes Spiel. Das Volk war dem Oc=
tavian, wie wir gesehen, sehr ergeben, und es stimmte
deshalb ohne Weiteres allen Auszeichnungen bei, die
Cicero für ihn beantragte.

Durch seinen unermüdlichen Eifer bewirkte nun Ci=
cero, daß dem Octavian die Stelle eines Proprätors
vom Senate gegeben ward, daß die Veteranen und die
abgefallenen Legionen öffentlich belobt und ihnen das
Versprechen gegeben wurde, alle Geldgeschenke, die ihnen
Octavian für den Fall des Sieges verheißen hatte, würde
der Senat aus dem Staatsschatze zahlen.

Eine nicht geringe Schwierigkeit bereitete dem Cicero
die schwankende Stellung des Consuls Pansa, der mit
dem Hirtius vom 1. Januar ab das Consulat bekleidete.
Pansa gehörte wie Hirtius zu den näheren Freunden

des Dictators. Nach dessen Tode sprach er auf das ent=
schiedenste seinen Haß gegen die Mörder aus; die ganze
Republik sei durch diese Unthat in die entsetzlichste Ver=
wirrung gebracht: jetzt komme es darauf an, die Partei
der Verschworenen daniederzuhalten.

Trotz seiner Freundschaft für Cäsar und Octavian
konnte er sich jedoch dem Cicero in seinem Kampfe gegen
den Antonius nicht unbedingt anschließen.

Pansa stand offenbar unter dem Einflusse seines
Schwiegervaters Calenus, des entschiedenen Antonianers.

Dies gab seiner Stellung etwas Halbes, oft ließ er
den Cicero, wo dieser sicher auf ihn gerechnet hatte, im
Stich, und ließ über dessen Anträge gar nicht abstimmen.
Indeß, wie schon bemerkt, Cicero erreichte sein Ziel in
so weit, daß D. Brutus, Octavian und deren Legionen
öffentlich belobt wurden und daß der Krieg gegen den An=
tonius, ohne daß man diesen jedoch deshalb ächtete, er=
klärt ward.

Ueberall wurden in Rom Werkstätten zur Verferti=
gung von Waffen errichtet; die Stadt glich einem großen
Lager; der Staat, die einzelnen Städte und Gemeinden
Italiens, viele Private steuerten Geld bei; überall fanden
Aushebungen statt: der Eifer der jungen Mannschaft
war gewaltig. Sie sollte dienen an der Seite der alten
Legionen und zugleich ein Gegengewicht gegen deren
Uebermuth bilden.

Noch mehr erglühte der Eifer, noch leidenschaftlicher
schürte Cicero das Feuer, als Ende Januar eine vom

Senate gegen den Willen Ciceros an den Antonius ab=
geschickte Gesandtschaft unverrichteter Dinge zurückkam.
Jetzt entwickelte auch der Consul Pansa eine immer
größere Thätigkeit. Die Ausrüstung der Truppen schritt
rüstig vorwärts. Als Alles vollendet war, zog er ab
nach Mutina, um den schwer bedrängten D. Brutus ent=
setzen zu helfen. Vor seiner Abreise hatte er noch zur
Freude Ciceros und seiner Partei den Antrag gestellt,
den M. Brutus als Statthalter von Macedonien zu be=
stätigen; ein Antrag, der, auf das lebhafteste von Cicero
unterstützt, mit bedeutender Majorität angenommen wurde.

Mitte April erreichte der Consul mit seinen vier neu
ausgehobenen Legionen Bononia, um den Hirtius und
Octavian zu verstärken gegen den Antonius, der den D.
Brutus immer enger und enger eingeschlossen hatte.

Beide, D. Brutus und Antonius, befanden sich in
einer schlimmen Lage; Antonius hatte zwar die Belage=
rung mit immer größerem Eifer fortgesetzt; allein der
Ausgang des ganzen Unternehmens schien ihm doch höchst
bedenklich zu sein. Er hatte deshalb den Versuch gemacht,
sich mit dem Hirtius und Octavian zu verbinden und
hatte ihnen zu diesem Behufe einen Brief geschickt, worin
er sie als Cäsarianer aufforderte, gemeinschaftlich mit
ihm den D. Brutus zu belagern und die so oft besiegte,
jetzt wieder so übermüthige, Pompejanische Partei zu
züchtigen. Hirtius und Octavian hielten es nicht für
politisch, auf diese Aufforderung des Antonius einzu=
gehen. Statt aller Antwort schickten sie das Schreiben

5*

an den Senat, wo es Cicero vorlas und die einzelnen
Stellen in seinem Sinne erläuterte.

Wir heben aus diesem merkwürdigen, wichtigen Do-
cumente eine Stelle heraus. Antonius schreibt: „Wir
(Hirtius, Octavian und ich Antonius) wollen dem Auf-
wiegeler und Aufhetzer Cicero nicht das erquickliche Schau-
spiel bereiten, daß wir (die Cäsarianer) die Glieder eines
gemeinschaftlichen Körpers (der cäsarianischen Partei)
uns vor seinen Augen gegenseitig zerfleischen; wer von
uns beiden auch unterliegen mag, die Pompejaner werden
immer den Gewinn haben. Laßt euch nicht durch ihre
schönklingenden Reden und ihre nichtigen Ehrenbezeugungen zu eurem eigenen Schaden täuschen und bethören."

Als Hirtius und Octavian von dem Anmarsche des
Pansa vernahmen, schickten sie ihm die Martische Legion
entgegen, damit er in deren Begleitung ungehinderter
und sicherer in ihr Lager einmarschiren könne. Aber dem
Antonius war die Ankunft des Consuls nicht verborgen
geblieben; nur davon merkte er nichts, daß man dem
Pansa die Martische Legion entgegen gesandt hatte.

Den Pansa führte nun sein Weg über einen Damm
bei Forum Gallorum, nicht weit von Mutina. Zu beiden Seiten dieses Dammes breitete sich eine sumpfige
Ebene aus, die bedeckt war mit hohem Rohre und welche
zahlreiche Gräben durchschnitten. Hier verbarg Antonius
zwei seiner besten Legionen, die macedonischen. Als nun
Pansa mit der Legion des Mars und zwei Legionen
Neuausgehobener (zwei hatte er zurückgelassen) auf dem

Damme furchtlos eine Zeitlang einhergeschritten war,
fing das Rohr plötzlich an von beiden Seiten sich zu be=
wegen; der Glanz der Helme und Schilde verrieth den
Hinterhalt, und in wenigen Momenten erschien das Heer
des Antonius. Rasch erhob sich der Kampf. Die Mar=
tianer befahlen den Tironen, sich zurückzuziehen; sie woll=
ten das Treffen allein entscheiden. — Lautlos begannen
die alten Krieger aus Cäsars Schule die Schlacht; da
der Raum zu eng war, um das Pilum zu gebrauchen, so
kämpfte man mit dem kurzen Schwerte. Kein Hieb ver=
fehlte das Ziel; bald war der Boden mit Leichen bedeckt;
statt des Klagegeschreies vernahm man nur dumpfes
Seufzen; schweigend trug man die Gefallenen aus dem
Getümmel; der Ermahnung der Conturionen bedurfte
es nicht; jeder war sich selber Führer. — Wurde die
Ermüdung zu groß, so ruhte man auf Augenblicke aus,
wie in den gymnischen Kämpfen. Dann schritt man von
Neuem zur Blutarbeit.

Endlich ruhete man: der Verlust war groß; ein
großer Theil der tüchtigsten und besten Krieger war auf
beiden Seiten gefallen; auch der Consul Pansa hatte eine
Wunde erhalten, an der er nach etwa 14 Tagen starb.

Am Abend wollte sich Antonius in sein Lager bei
Mutina zurückbegeben. Allein Hirtius, der von der
Schlacht vernommen, schickte die vierte Legion gegen den
Antonius. Jetzt aber war das Verhältniß zu ungleich.
Die ermatteten und ermüdeten Antonianer wurden trotz
ihres Muthes und ihrer hartnäckigen Gegenwehr besiegt,

während Hirtius einen kaum nennenswerthen Verlust erlitt. Nur mit großer Mühe erreichte Antonius, beson=ders mit Hilfe seiner Reiterei, sein Lager bei Mutina.

Während dieser Zeit hatte auch Octavian einen An=griff auf seine Stellungen siegreich zurückgeschlagen. —

In Rom pries man das Berdienst der Consuln und des Octavian überschwänglich.

Cicero konnte nicht Worte genug finden, um die Baterlandsliebe, die todesmuthige Tapferkeit der Legio=nen zu preisen. Er trug auf die großartigsten Beloh=nungen der Sieger an; den Eltern und Verwandten der Gebliebenen sollten Geschenke gemacht werden. Ein öf=fentliches Denkmal sollte die treue Hingebung an das Baterland der Nachwelt schildern.

Jetzt auch gelang es, mit dem Antrage, den Antonius als Feind des Baterlandes zu ächten, durchzubringen.

Die Belagerung von Mutina wurde auf das eifrigste fortgesetzt; die Armee des D. Brutus hatte mit der furcht=barsten Hungersnoth zu kämpfen; es war zu fürchten, daß sich die ganze Armee dem Antonius auf Gnade und Ungnade ergeben möchte. Dies aber suchten Hirtius und Octavian unter jeder Bedingung zu verhindern. Sie versuchten an einer wegen des Terrains weniger befestig=ten Stelle in Mutina einzudringen. Hier kam es zum erbitterten Kampfe. Der Consul Hirtius, mit der Fahne in der Hand, fiel tapfer kämpfend. Antonius wurde wiederum besiegt. Zwar konnte er sich noch bei Mutina halten. Er zog es aber, gegen den Rath seiner Officiere,

vor, die Belagerung aufzuheben und sich nach den Alpen
zu begeben, wo er, wie er hoffte, von den dortigen Feld=
herren, dem Lepidus und Plancus, an der Spitze seiner
noch ungeschwächten, sehr zahlreichen Reiterei, mit Ehren
aufgenommen würde.

So verließ er Mutina und marschirte in Eilmärschen
nach Oberitalien.

Der Staat war jetzt ohne Consuln.

Was that nun Octavian, was Brutus? Wie erging
es dem Antonius? Wie gestaltete sich das Verhältniß
des Senates zu den verschiedenen Feldherren?

Die Geschichte der nächsten Monate dieser ereigniß=
reichen Zeit hat diese Fragen auf eine alle Parteien
überraschende Weise beantwortet.

Die Verbindung des Antonius mit dem Lepidus.

(29. Mai 43 v. Chr.)

Quod vivit Antonius hodie, quod Lepidus
una est, quod exercitus habent non contem-
nendos, quod sperant, quod audent, omne
Caesari acceptum referre possunt. Plancus
Ciceroni. Ad Famil. 10. 24.
27. Juli 43.

Dein Gaume verschmähte
Die herbste Beere nicht auf rauh'ßer Heide:
Ja, wie der Hirsch, wenn Schnee die Weide deckt,
Nagt'st Du der Bäume Rinden: auf den Alpen
(Erzählt man) aßest Du so elles Fleisch,
Daß Mancher starb, es nur zu sehen.
(Shakespeare: „Ant. u. Cleopatra.")

Der Kampf bei Mutina, 27. April 43 v. Chr., schien
dem erbitterten Kriege zwischen Antonius und der Republik
ein Ende gemacht zu haben. Antonius hatte eine Nieder=
lage erlitten; er hob deshalb gegen den Rath seiner
Officiere die Belagerung auf und trat ohne irgend
welche Verzögerung den Rückzug an nach Oberitalien
und dem südlichen Frankreich zu, mit etwa 5000 Reitern
und einigen tausend Mann Fußvolk, dem Reste seiner
Legionen.

Er wollte sich zum M. Lepidus begeben, mit diesem sich verbinden und vor Allem einer Vereinigung des Lepidus mit dem L. Plancus, dem Statthalter des trans= alpinischen Galliens, zuvorkommen. Decimus Brutus war befreit. Sein Heer befand sich aber in einem bemitleidswürdigen Zustande. Die Hungersnoth hatte die Reihen schrecklich gelichtet und Krankheiten nebst äußerster Erschöpfung bei den Ueber= lebenden zurückgelassen. Freilich hoffte Decimus Brutus, sich mit dem Octavian und den Legionen der beiden gefallenen Consuln, des Hirtius und des Pansa, zu vereinigen und so die Verfolgung des Antonius energisch zu betreiben.

Die pompejanisch=senatorisch=republikanische Partei zweifelte nicht an der baldigen, vollständigen Auflösung des geschlagenen Heeres. Auf die Nachricht von dem gelieferten Treffen glaubte sie sich an dem Ziele ihrer Wünsche und auf viele Jahrhunderte hinaus gesichert; glänzende Siegesfeste wurden veranstaltet; nicht prunk= voll genug meinte die Aristokratie ihr Auferstehungsfest feiern zu können. —

Auch M. Brutus und L. Cassius rüsteten gewaltig im Osten; jeder Tag brachte neue Kunde von dem wun= derbar glücklichen Gelingen ihrer Unternehmungen. Die Schätze Asiens gewährten ihnen die Mittel zu der Aus= rüstung von 20 Legionen; ihre Ankunft in Italien stand in nicht zu entfernter Aussicht.

Stolz und kühn erhob man das Haupt; die furcht=

bare Gefahr war beseitigt, der Titan gestürzt; im Antonius schien die gesammte cäsarianische Partei, wenn auch nicht darniedergeworfen, doch absolut unschädlich gemacht für die Herrschaft der Pompejaner.

Der Feldherr des diesseitigen Spaniens und des narbonensischen Galliens (Dauphinée, Provence und ein Theil von Languedoc), der mit sieben tüchtigen Legionen im südlichen Frankreich stand, M. Lepidus, der Cäsarianer, schien dem Senate nicht gefährlich, und hatte man vorher an seiner Gesinnung gezweifelt, so meinte man nun, nach der Besiegung des Antonius, von seiner Seite nichts mehr befürchten zu dürfen.

Des Feldherrn im transalpinischen Gallien, mit Ausnahme des narbonensischen, des L. Plancus, ebenfalls eines Cäsarianers, glaubte man ebenfalls gewiß zu sein. Ueberdem unterließ Cicero nicht, ihn bei Allem, was theuer und heilig, im Namen der Republik, der Ehre und Pflicht, im Namen ihrer alten, schon vom Vater des Feldherrn her vererbten, Freundschaft zu beschwören, die Sache des Senates zu vertreten und die Erinnerung an seine frühere, zu große Hingebung an Cäsar zu verwischen durch glänzende Thaten, verrichtet im Interesse der Republik und der Aristokratie, die beide unauflöslich mit einander verbunden seien. Die Ueberwältigung des Antonius, die Verbindung mit dem Decimus Brutus, der engste Anschluß an den Senat würden seinen Namen unsterblich machen und ihm bei der spätesten Nachwelt einen unvergänglichen Ruhm verleihen.

Plancus betheuerte in Briefen an den Senat und an den Cicero seine Anhänglichkeit an die alte Verfassung und versprach Alles anzuwenden, um die letzten Reste des geschlagenen Heeres zu vernichten und in Verbindung mit dem Decimus Brutus zur Sicherung der republikanischen Freiheit nichts unversucht zu lassen.

Seine Briefe sind derartig abgefaßt und stehen in solch einem innigen Zusammenhange mit den Ereignissen, daß an der Aufrichtigkeit seiner Aeußerungen nicht gezweifelt werden darf.

Am wenigsten traute man dem Octavian.

Sein Ehrgeiz erregte Argwohn; man fürchtete, daß er in Folge des Sieges zu übermüthig werden und sich das Verdienst desselben nach dem Tode der Consuln allein zuschreiben werde.

Jetzt sollte er geschwächt, unschädlich gemacht, für immer beseitigt werden.

Der Senatspartei hatte Octavian die wichtigsten Dienste geleistet; dem Antonius hatte er, im Augenblick der höchsten Gefahr, wo Alles auf dem Spiele stand, die besten Legionen, die vierte und die Martische, abwendig gemacht; dann hatte er ihn in Gemeinschaft mit den Consuln bei Mutina belagert, besiegt und den Decimus Brutus befreit.

Ueberschwenglich hatte man ihn vor dem Siege gepriesen; er ist der Held der Philippiken, dem man für den Fall des Sieges Unendliches verhieß, ihm und seinen Legionen.

Jetzt bedurfte man seiner nicht mehr.

Die Verfolgung des Antonius übertrug man nicht ihm, sondern dem geretteten Decimus Brutus. Des Octavian Legionen, vor allem die vierte und die Mar= tische, wollte man dem Decimus Brutus überweisen; die Legionen, die Hirtius und Pansa unter sich gehabt hatten, wurden unter den Oberbefehl des Decimus Brutus gestellt. Eine solche Verstärkung des Decimus Brutus hielt der Senat für nöthig, um für alle Fälle gesichert zu sein.

Bei so bewandten Umständen traf nun auch Octavian seine Maßregeln. Er hielt es für den Augenblick am angemessensten, dem Senat gegenüber sich in einer mög= lichst zuwartenden Stellung zu verhalten. Seine Legionen übergab er natürlich nicht dem Decimus Brutus, den er ohne Besorgniß mit seinem geschwächten Heere und bei dem gänzlichen Mangel an Reiterei und Zugvieh die Verfolgung des Antonius am 30. April antreten sah.

Sein eigenes Heer suchte Octavian fester und unauf= löslicher an sich zu ketten, außerdem behielt er eine Legion des Pansa, und verstärkte sich auf diese Weise.

Die ganze Lage der Dinge schien ihm außerordentlich gefahrvoll für die Cäsarianer; die Macht der Pom= pejaner war in kurzem furchtbar herangewachsen; das Interesse der cäsarianischen Partei erforderte die Er= haltung des Antonius, dessen Feldherrntalent Octavian in dem bevorstehenden Kampfe gegen M. Brutus und Cassius zu verwenden gedachte.

Zu diesem Zwecke sandte Octavian seine Getreuen zum Asinius Pollio, dem Statthalter des jenseitigen Spaniens.

Asinius Pollio, einer der hochgebildetsten und tüchtigsten Männer jener Zeit, hatte sich früher, trotz seiner aufrichtigen, republikanischen Gesinnung, durch eine besondere Ungunst der Verhältnisse gezwungen, ohne Rücksicht auf sein Interesse, dem Dictator Cäsar angeschlossen. Cäsar bewies diesem bedeutenden Charakter rasch ein unbedingtes Vertrauen, welches vom Asinius mit innigster Liebe und Treue erwiedert wurde. Den Tod Cäsars betrauerte er tief.

An diesen wandte sich Octavian. Ebenso schrieb er dem Lepidus. Er forderte sie auf zur Vereinigung und machte besonders dem Lepidus die Erhaltung des Antonius zur Pflicht. Mit allen Kräften müsse man darauf bedacht sein, die cäsarianische Partei nicht unterdrücken zu lassen; der Vereinigung bedürfe es, um als geschlossene Macht den Pompejanern mit ihrem Sextus Pompejus, dem Oberbefehlshaber der Seemacht, und mit ihrem Brutus und Cassius gegenüberzutreten. Da nach einem Briefe des Asinius Pollio an den Cicero Lepidus schon während der Belagerung von Mutina sein Einverständniß mit dem Antonius ziemlich unverhohlen ausgesprochen hatte, so läßt sich denken, mit welcher Freudigkeit und Bereitwilligkeit er einging auf die Pläne des Octavian.

Die in dem Treffen bei Mutina gefangen genommenen Legionen und Anführer des Antonius behandelte

Octavian auf das Zuvorkommendste, er ließ ihnen freie
Wahl, bei ihm zu bleiben oder dem Antonius zu folgen,
und machte sie aufmerksam auf des Antonius Unbefon=
nenheit, welche die Zersplitterung der Cäsarianer zur
Folge gehabt hätte.

Auf die Frage eines der Anführer des Antonius, wie
denn Octavian gegen den Antonius gesinnt sei, antwortete
Octavian: „Dem Einsichtigen ist dies klar genug, dem
Unverständigen werden selbst deutlichere Zeichen nicht
genügen."

Wir verlassen nach diesen Vorbemerkungen den
Octavian und wenden uns zurück zum Antonius.

Antonius trat seinen Rückzug in Eilmärschen mit
aufgelösten Reihen an; unterwegs zog er ohne Auswahl
Menschen jeglicher Art an sich, selbst die Sclavenkerker
öffnete er, um sein Heer zu vergrößern. Am stärksten
war seine Reiterei; nach den übereinstimmendsten Be=
richten belief sich dieselbe auf etwa 5000 Mann. Die
Hauptverstärkung erhielt er aber von einem seiner erge=
bensten Anhänger, dem Ventidius, einem Manne, der
sich aus niederm Stande durch seine militärische Tüchtig=
keit emporgeschwungen hatte. Dieser führte ihm drei
Legionen, die 7., 8. und 9. zu. Bei Bada, einem etwas
südlich von dem heutigen Savona gelegenen Orte ver=
einigte sich Ventidius nach einem äußerst beschwerlichen
Marsche über den Apennin mit dem Antonius etwa den
3. oder 4. Mai.

Von Bada an setzten beide gemeinschaftlich ihren

Marſch fort. Bereits am 15. Mai erreichte der Vortrab
des Antonius Forum Julii, das heutige Fréjus, an der
Mündung des Fluſſes Argens.

Man war jetzt nur wenige Stunden von dem Lager
des Lepidus entfernt. Der Marſch des Antonius hat die Bewunderung
der alten Schriftſteller mit Recht auf ſich gezogen.
Antonius hatte mit den größten Schwierigkeiten zu
kämpfen.

Hunger, Durſt, Ermüdung, Mangel an Allem, die
ſchwierigen Paſſagen über den Apennin und die Alpen
erſchwerten ſeinen Zug auf das Höchſte. Aber der
Feldherr entwickelte eine bewundernswürdige Kraft und
Energie, eine ſeltene Ausdauer in der Ertragung von
Entbehrungen jeglicher Art. Seinen Durſt ſtillte er
aus Lachen; die ekelhafteſten Nahrungsmittel genoß er
freudig. Er wußte ſeinem Heere ſeinen Muth einzu-
hauchen und die Hoffnung auf eine baldige günſtige
Veränderung in ihm aufrecht zu halten. Antonius
bewies, daß er zu Allem fähig ſei; aber ſeine Natur
verlangte, um ſich in ihrem Reichthum entfalten zu können, ein ſtarkes Gegengewicht, die Noth, Gefahr, den
Drang der Umſtände. Dann wuchs ſeine Kraft, dann
erhob er ſich über ſich ſelber.

Der üppige Schwelger verſchwand; die Tugenden
des Feldherrn und Menſchen traten glänzend hervor.

Nach allen Seiten entſandte er ſeine Anhänger zum
Aſinius Pollio, zum Plancus, zum Lepidus; ſeine Lage

solle man sich zum Beispiele nehmen; so wie er, würden auch die übrigen Cäsarianer unterdrückt werden; auch an sie werde die Reihe kommen; einzeln werde man sie besiegen.

Nicht überall fand er gleichen Erfolg.

Asinius Pollio widerstand trotz seiner Freundschaft mit Antonius den Lockungen. Er, der eifrige Republikaner, der selbst unter Cäsar die Süßigkeit der republikanischen Freiheit schmerzlich vermißt hatte und der in dem Antonius den zukünftigen Alleinherrscher erblickte für den Fall, daß sich die Statthalter Galliens und Spaniens ihm anschlössen, vereitelte alle Anstrengungen der antonianischen Sendlinge. Freilich konnte er nur mit Mühe seine drei Legionen zurückhalten, besonders die 28. und 30., auf welche die glänzenden Anerbietungen und Versprechungen des Antonius einen verführerischen Reiz übten.

Auch Plancus widerstand; er ließ die Unterhändler nicht in sein Lager, um sein Heer von jeder Berührung mit den Antonianern fernzuhalten. Desto rascher erreichte Antonius seine Absichten bei Lepidus.

Schon früher haben wir gesehen, wie Antonius unmittelbar nach der Ermordung Cäsars den Lepidus an sich zu fesseln verstanden hatte.

Er verlieh ihm die höchste Priesterwürde und gab dem Sohne des Lepidus seine eigene Tochter zur Gemahlin. Antonius hatte den unselbstständigen Lepidus ganz an sein Interesse geknüpft.

Jetzt war der Augenblick gekommen, wo ihm seine Stellung zu demselben von unberechenbarem Gewinne werden sollte.

Lepidus, der Cäsarianer, schon vorher dem Antonius zugethan, jetzt vom Octavianus aufmerksam gemacht auf die Gefahr, in der die Cäsarianer schwebten, mußte von vornherein geneigt sein, das mit ihm in den nächsten verwandtschaftlichen Verhältnissen stehende Haupt der Cäsarianer bei sich aufzunehmen.

Zwar betheuert er noch in einem Briefe vom 22. Mai, datirt aus dem südlichen Frankreich, dem Cicero seine vollständige Ergebenheit an das Interesse des Senates, und bittet ihn dringend bei ihrer gegenseitigen Freund=schaft, den schlimmen Gerüchten nicht Glauben zu schen=ken, die über seine Stellung zum Antonius von Ver=leumdern verbreitet worden seien.

Decimus Brutus aber und L. Plancus schrieben dem Cicero unumwunden, daß auf Lepidus nicht zu rechnen sei, sein Wankelmuth lasse Alles befürchten; eine Ver=bindung des Lepidus mit dem Antonius würde von Neuem das Schicksal der Republik in Frage stellen, um so mehr, da sich Octavian durchaus unthätig zeige, an der Verfolgung des Antonius keinen Theil genommen habe, und sie, den Decimus Brutus und Plancus, über seine Pläne vollständig in angstvoller Ungewißheit er=halte.

Aber auch abgesehen von der Gesinnung des Lepidus selber war ein großer Theil seines Heeres dem Antonius

zugethan, und fah freudig einer Vereinigung mit dem=
felben entgegen. Zum Theil hatten fie unter ihm
gebient, mehrere der Legionen hatte Antonius früher
ergänzt.

Des Antonius herrliche, männliche, kriegerifche Ge=
ftalt, feine kräftige, derbe, volksthümliche, den Sinn des
Soldaten wunderfam feffelnde Beredtfamkeit, feine Leut=
feligkeit, fein freier, ungezwungener Verkehr mit dem
Legionar, feine Freigebigkeit, feine Tapferkeit und Aus=
dauer, ja felbft feine Luft und fein Hang zu einem wilden,
üppigen Leben, alles dies zog die Soldaten mächtig zu
ihm hin.

Laut klagte und jammerte man im Lager des Lepidus,
daß fo viele Cäfarianer bei Mutina umgekommen feien,
und daß man fich felber felbftmörderifch vernichte; auch
die Confuln hätten dort ihren Untergang gefunden; der
Senat habe dann fo viele angefehene Cäfarianer geächtet
und ihre Güter eingezogen. Endlich müffe dem Blut=
vergießen Einhalt gethan werden, der Bürgerkrieg fei zu
beendigen; fie würden nicht mehr kämpfen; auf die Ret=
tung der Cäfarianer müffe man bedacht fein, und fich
unter jeder Bedingung mit dem Antonius vereinigen.

Lepidus fetzte folchen Aeußerungen kein Hemmniß
entgegen; er ahndete die Freiheit folcher Reden nicht an
den Häuptern diefer Umtriebe; aufmerkfam gemacht von
verfchiedenen Legaten, die fich bei ihm befanden, und ent=
fchiedene Anhänger des Senates waren, auf die drohende
Gefahr eines allgemeinen Aufftandes von Seiten feines

Heeres zu Gunsten des Antonius, nahm Lepidus einfach
seine Zuflucht zu dem Scheine, als glaube er nicht daran.

Es erhellt auf den ersten Blick, daß bei einer solchen
Lage der Dinge Antonius sein Ziel bei dem Lepidus nicht
gut verfehlen konnte. Das Lager, welches Antonius in der Nähe des
Lepidus aufschlug, umgab er nicht mit einem Walle; er
wollte zeigen, daß er das Heer des Lepidus als ein
befreundetes ansähe, auf welches selbstverständlich zu
rechnen sei.

Gegenseitige Besprechungen der Soldaten fanden
statt, jeglicher Zwang fehlte; der lebhafte Wunsch, sich
zu vereinigen, wurde immer lauter, immer allgemeiner
ausgesprochen.

Die Soldaten des Lepidus rissen endlich ihre eigenen
Wälle ein, das Heer des Antonius drang ein in das
Lager des Lepidus, und dieser, zum Schein bestürzt, giebt
den Bitten seines Heeres nach, und vereinigte sich so mit
dem Antonius am 29. Mai 43.

Am 30. Mai schreibt Lepidus dem Senate höchst
kühl, sein Heer habe ihn im Interesse der Erhaltung so
vieler Bürger und eines allgemeinen Friedens zu der
Vereinigung mit dem Antonius gezwungen. Der Senat
möge seine Privatstreitigkeiten bei Seite setzen und seine
(des Lepidus) und seines Heeres Rücksicht auf das öffent=
liche Wohl nicht übel auslegen.

So sah sich Antonius mit dem Lepidus, der fast allen
Einfluß verlor, an der Spitze von etwa zwölf Legionen

6 *

und einer sehr starken Reiterei. Der Flüchtling von Mutina war der Feldherr eines erlesenen streitbaren ergebenen Heeres. Nicht die Schwächung und Vernichtung des Antonius war das Endresultat des Mutinensischen Kampfes, nein, im Gegentheil die furchtbarste, ungeahnte Machterhebung.

Die gewaltigen, geharnischten Philippiken mit ihrem prächtigen Siegsfinale schrumpften zusammen zu wesenlosen Schattengefechten.

Der Uebermuth und das Gelüste nach Rache wichen den ernstesten Befürchtungen vor neuen blutigen Kämpfen.

Und wer hatte wesentlich dazu beigetragen, dem Senate diese schreckliche Aussicht zu bereiten? Wer hatte die tiefen Minen angelegt, die das so eben sich befestigende Gebäude der Oligarchie zu zersprengen bestimmt waren?

Plancus giebt uns in dem oben citirten Briefe die Antwort: einzig und allein Octavian.

Die Wahl des Cäsar Octavianus zum Consul.

(August 43 v. Chr.)

Quae mens eum (Oct.) aut quorum consiliu
a tanta gloria, sibi vero etiam necessaria ac
salutari, avocarint et ad cogitationem consu-
latus biuestris summo cum terrore hominum
et insulsa 'cum efflagitatione transtulerint ex-
putare non possum.

Cic. epist. Ad Fam. lib. X. 24. Plancus Cic.

Die Verbindung des Antonius mit dem Lepidus, heimlich auf alle mögliche Weise befördert vom Octavian, flößte dem Senat die größten Besorgnisse ein.

Decimus Brutus und Plancus, der Statthalter des jenseitigen Galliens, waren die einzigen sichern Stützen, auf die man im gegenwärtigen Augenblicke rechnen zu dürfen glaubte; Marcus Brutus und C. Cassius waren zu weit entfernt, um Hilfe leisten zu können; auch waren bei ihren umfangreichen Rüstungen zu viele Schwierigkeiten zu überwinden, als daß sie schon jetzt für den letzten Entscheidungskampf hinlänglich vorbereitet gewesen wären.

In seiner Noth und Hilflosigkeit schickte der Senat

nach Afrika, um von dort in größter Eile zwei Legionen, die unter Cäsar gedient, zum Schutze Roms kommen zu laffen.

Auch drängte die Noth gebieterisch zu dem Ent= schluffe, dem Octavian, der seit Anfang Mai gegen den Willen des Senates an der Spitze von acht Legionen stand, von Neuem ein selbständiges Commando gegen Antonius und Lepidus anzuvertrauen.

. Allerdings hatte man den Octavian tödtlich beleidigt. Der Senat wollte ihn nach der Beendigung des mutinen= sischen Krieges unschädlich machen und ihm sein Heer ent= ziehen; ferner verweigerte man ihm unter nichtigen, den Argwohn und Haß schlecht verbergenden, Vorwänden die nachgesuchte Ehre eines Triumphzuges.

Octavian traf im Stillen, wie wir früher gesehen, gegen ein solches Verfahren auch seine Maßregeln. Die der pompejanischen Partei so furchtbare Verbindung des Lepidus mit dem Antonius war mit sein Werk.

Durch diese neue und unerwartete Macht des An= tonius wurde nun Octavian plötzlich wieder wichtig für den Senat, und man beauftragte ihn deshalb jetzt mit dem Kriege gegen Antonius und Lepidus, der ebenfalls, wie schon früher Antonius, am letzten Juni 43 von dem Senate für einen Feind des Vaterlandes erklärt wor= den war.

Was thut nun Octavian?

In die Mitte gestellt zwischen Senat und Antonius mußte er sich entscheiden; bis dahin spielte er mit ge=

schloſſenem Viſir ſein kühnes, gewagtes und ränkevolles
Spiel; gegenüber dem Senate, der Partei der Mörder,
dem Antonius, hatte er ſich in die Höhe gearbeitet, ſeine
wahren Abſichten auf das möglichſte zu verſchleiern be=
müht.

Von nun an treten dieſe deutlicher hervor; mehr und
mehr beginnt die Maske zu fallen.

Zuvörderſt nahm Octavian nicht ohne Weiteres den
ihm ertheilten Auftrag eines Krieges gegen Antonius und
Lepidus an; ſtatt deſſen erregte er den Zorn ſeines Heeres
gegen den Senat. Dieſer hatte nämlich den Legionen des
Octavian für den Fall der Entſetzung des in Mutina
eingeſchloſſenen Decimus Brutus bedeutende Belohnun=
gen verſprochen, dieſelben aber bis jetzt nicht gezahlt.

Octavian ließ nun ſeine Legionen anweiſen, Geſandte
nach Rom zu ſchicken, um von dem Senate die Bezah=
lung der verheißenen Summen zu fordern, bevor man
ihnen die Mühen eines neuen Feldzuges zumuthe.

Wohl merkte der Senat, von wem dieſe Geſandt=
ſchaft ausging; aber er wollte nicht, daß Octavian dem
Heere die Gelder vertheile, und ſo noch höher in der
Gunſt deſſelben ſteige; demgemäß gab er unbeſtimmte,
ausweichende Antworten; er wolle ſelber Geſandte ſchicken,
um mit den Legionen über die fragliche Angelegenheit zu
verhandeln.

Dieſe vom Senat geſchickten Geſandten erhielten nun
den Auftrag mit der vierten und Martiſchen Legion allein,
ohne die Anweſenheit des Octavian, zu verkehren und

beibe Legionen aufzuforbern, ihre Hoffnung nicht auf
einen Einzigen zu setzen, sondern vielmehr auf den
Senat, deffen Macht und Autorität unsterblich sei.
Die beiden Legionen möchten sich zu Decimus Brutus
begeben, dort würden ihnen ihre Gelber ausgezahlt
werden.

Mit diesem Auftrage entließ der Senat seine Gesandten; dann aber erwählte er noch zehn Männer, um
die Hälfte der versprochenen Geldsumme den übrigen
sechs Legionen zu überbringen. Dem Octavian beabsichtigte man an der Ehre der Vertheilung nicht den gering-
sten Antheil zu verstatten.

Als die Gesandten des Senates, angekommen bei
dem Heere, mit den beiden genannten Legionen allein
unterhandeln wollten, so wiesen diese eine solche in arg-
listiger Absicht an sie gerichtete Zumuthung mit äußerster
Entrüstung und Erbitterung von sich.

Jetzt war der Augenblick gekommen, wo Octavian
nicht mehr durch seine Freunde und Anhänger auf die
Legionen zu wirken versuchte; selber trat er hervor und
sprach also zu ihnen:

„Nicht unbekannt ist es euch, Commilitonen! mit
welcher Härte und Rücksichtslosigkeit die pompejanische
Partei gegen die Cäsarianer verfährt, deren ganzes Verbrechen in der treuen Anhänglichkeit an den ermordeten
Dictator besteht!

„Unverkennbar geht die Absicht des Senates darauf
hin, alle Cäsarianer einzeln, den einen nach dem andern,

heimtückisch zu vernichten, um sich dann selber der Herr=
schaft über den Erdkreis zu bemächtigen.

„Schon glaubte man sich dem heiß ersehnten Ziele
nahe. Antonius ward besiegt bei Mutina, und sicherlich
würde er ohne mich dem sichern Verderben nicht entron=
nen sein.

„Und mit wie schändlichem Undanke wurde ich selber
belohnt! Als der Senat eurer und meiner Hilfe bedurfte,
da pries man uns auf das Ueberschwenglichste; nicht
Worte genug konnte man finden, um uns den Dank aus=
zusprechen und uns durch die Aussicht auf glänzende
Belohnungen zu den größten Kraftanstrengungen anzu=
stacheln.

„Aber kaum schien die Gefahr vorüber, als sich die
wahren Gesinnungen zeigten. Schändlich zögerte man
mit den versprochenen Belohnungen; mich, den ihr euch
selber zum Anführer gewählt, wollte man entsetzen und
euch dann unter das Commando des Decimus Brutus,
eines der Mörder eures vergötterten Feldherrn, stellen;
und immer wird man den Versuch machen, euch dem Be=
fehle von Anführern unterzuordnen, welche der pompeja=
nischen Partei angehören; diese werden, statt auf euer
Wohl bedacht zu sein, kein Mittel unversucht lassen, um
euch einem raschen Untergang entgegenzuführen.

„Noch eben in diesem Augenblick bemüht man sich,
euch untereinander selbst zu entzweien; nur zwei Legionen
sollen, dem Willen des Senates gemäß, die volle Beloh=
nung empfangen; den übrigen sechs, die mit den andern

beiren auf das engste verbunten ebenfalls der Sache
Cäsars treu ergeben sind, will man noch immer einen
Theil ihrer Belohnungen entziehen.

„Siegt die Senatspartei, so bedenkt, welche Hoffnung ihr habt auf die Aecker und Gelder, die euch verheißen sind.

„Ich selber werde, während ich meinen vergötterten
Vater zu rächen bedacht bin, bereitwillig und ohne Mur-
ren Alles ertragen, was das Schicksal über mich verhängt.

„Aber eure Zukunft, Commilitonen! beunruhigt mich;
ihr seid es, deren Geschick mich mit Sorgen erfüllt, ihr,
die ihr meines Vaters und meinetwegen nicht Mühen
und Gefahren scheutet und dem Tode muthig die tapfere
Brust geboten habt!

„Daß meine Seele frei von Ehrgeiz ist, des seid ihr
Zeugen; die von euch mir im November vorigen Jahres
angebotene Befehlshaberstelle nahm ich nur an mit der
Bewilligung des Senates.

„Jetzt aber sehe ich nur ein Mittel für eure Sicherheit. Dringend erheischt eure gefahrvolle Lage meine
Wahl zum Consul; wird dies durch euch erreicht, dann
werden rasch alle euch gemachten Versprechungen in Erfüllung gehen; gemeinschaftlich werden wir die Mörder
meines Vaters zur Strafe ziehen und für immer sollt ihr
sodann von jedem weiteren Kriegsdienste befreit bleiben.“

Kaum hatte Octavian geendet, als lauter, stürmischer Beifall sich erhob, und sogleich sandte man mehrere

der entschiedensten Centurionen nach Rom, um von dem Senate das Consulat für Octavian zu fordern.

Der Senat gewann es trotz der drohenden Situation nicht über sich, auf eine solche Forderung einzugehen.

Zu sehr hatte sich die Partei entdeckt; sie ahnte Unheil; der Gedanke, das Consulat, das höchste republikanische Amt in den Händen des Octavian zu wissen, erfüllte sie mit unnennbarer Angst.

Die Jugend des Octavian ließ den Grund zur abschlägigen Antwort; trotzig erwiederten die Centurionen, die beiden Scipionen und in der jüngsten Zeit Pompejus Magnus seien ebenfalls vor dem gesetzmäßigen Alter zur Würde des Consulats gelangt; der Staat habe keine Veranlassung gehabt, Reue zu empfinden über eine solche Wahl.

Aber der Senat blieb fest; heftig tadelte er die Centurionen wegen des unangemessenen Tones, mit dem sie zu dem Senate geredet und entließ sie dann unverrichteter Dinge.

Auf die Nachricht von der Weigerung des Senates, der Forderung des Octavian Gehör zu geben, verlangte das ganze Heer einstimmig, sogleich nach Rom geführt zu werden; selber wollte man den Sohn Cäsars durch eine außerordentliche Wahl zum Consul creiren.

Ohne zu zögern benutzte Octavian die Stimmung seiner Truppen; rasch theilte er sein Heer und eilte dann mit der einen, aus den erwähltesten Kerntruppen bestehenden, Hälfte in Eilmärschen voraus der Hauptstadt zu.

Unaussprechlich war hier die Angst und Verwirrung bei der Nachricht von dem Heranzuge des Heeres.

Ordnungslos stürzte man durch die Straßen; mit Frauen, Kindern, Schätzen flüchteten Viele zu den abgelegeneren Villen oder suchten Schutz in den festesten Theilen der Stadt.

Niemand aber erzitterte mehr als der Senat, dem für jetzt mit Ausnahme einer einzigen, früher vom Consul Pansa zurückgelassenen, Legion keine bewaffnete Macht zur Verfügung stand.

Gegenseitig überhäufte man sich mit Vorwürfen; die einen tadelten es auf das Heftigste, daß der Senat den Octavian auf übermüthige Weise erbittert habe durch den Versuch, ihm sein Heer zu entziehen; andere, daß Octavians gerechte Ansprüche auf die Ehre eines Triumphes unberücksichtigt gelassen seien; eine andere Partei schmähete auf diejenigen, welche es durchgesetzt, daß den Legionen die Belohnungen nicht vollständig ausgezahlt wären.

Ganz besonders aber fand Tadel der verkehrte Zeitpunct, den man gewählt zu einem Zerwürfniß mit Octavian; die Freunde und Schützer des Senates, Brutus und Cassius, seien abwesend; die erbitterten Feinde, Antonius und Lepidus, ständen in drohender Nähe.

Der Gedanke, daß Octavian sich mit den beiden Letzteren verbinden könne, wirkte betäubend auf alle Gemüther.

Der Plan, dem Ehrgeize des Octavian hemmend in den Weg zu treten, wich bei dem wirklichen Hereinbruche der Gefahr; in ihrer tödtlichen Noth und Bedrängniß zeigten die Optimaten eine wunderſam nachgiebige Fügsamkeit.

Vernichtet ward der frühere Beschluß. Statt dessen

schickte man eine Gesandschaft an den Octavian, welche
diesem die Aufträge des Senates überbringen sollte des
Inhaltes: Erstens, daß der Senat die augenblickliche voll=
ständige Auszahlung sämmtlicher versprochener Geldsum=
men an alle acht Legionen des Octavian angeordnet habe;
zweitens, daß mit der Vertheilung dieses Geldes einzig
und allein Octavian beauftragt sei, und drittens, daß dem
Octavian das Vorrecht gestattet sei, sich abwesend um
das Consulat zu bewerben.

Kaum hatten die Gesandten Rom verlassen, als den
Senat heftige Reue befiel über seine zu große Schwäche
und seine allzurasche Nachgiebigkeit.

„Unmännlich und unrömisch sei es, sich so feig, ohne
irgend einen Wiederstand zu wagen, vor der Gewalt zu
beugen; dem Beispiele der tapferen und hochherzigen
Ahnen müsse man folgen, Gut und Blut daransetzen,
um die Freiheit und das Gesetz aufrecht zu erhalten ge=
genüber der, alle Schranken durchbrechenden, zügellosen
Willkür eines Ehrgeizigen. Was könne schändlicher und
erbärmlicher sein, als freiwillig das Joch einer Knecht=
schaft auf sich zu nehmen, welches abzuschütteln keine
Kraft vermögen würde.“

Der Zufall fügte es, daß gerade in diesen Augen=
blicken der Wallung, wo der Senat sich sonnte in dem
Glanze der Zeiten des Pyrrhus und Hannibal und wo
ihn ein seltsamer, seit lange nicht spürbarer Muth an=
wandelte, die beiden afrikanischen Legionen, begleitet von
1000 Mann Cavallerie, bei Ostia landeten.

Die Kampfbegier und die Siegeshoffnung des Se=
nates wuchs jetzt gewaltig; schien ja doch der Genius
Roms sichtbar seine Fittige über die bedrohte Aristokratie
schützend auszubreiten.

Zuversichtlich hoffte der Senat jetzt dem Octavian
die Stirn bieten zu können; um noch sicherer zu geben,
erhielten die Prätoren den Befehl, die sämmtliche waffen=
fähige Jugend Roms eiligst auszuheben und zu bewaff=
nen, die Stadt möglichst zu befestigen, und alle Anstalten
zur energischsten Abwehr zu treffen.

Ferner wurde eine neue Gesandtschaft an den Octa=
vian abgeschickt, welche Alles widerrufen mußte, was ihm
so eben bewilligt war, und welche ihn auffordern sollte,
sich unbedingt der Autorität des Senates unterzuordnen.

Diese zweite Gesandtschaft langte bei dem Octavian
in demselben Augenblicke an, als dieser noch in der Un=
terhandlung mit der ersteren begriffen war.

Kaum war der Widerruf des Senates bekannt, als
der Zorn und der Ingrimm des Heeres keine Grenzen
zu kennen schienen; aber Octavian hatte mannichfache
Gründe, den Ausbruch der Wuth seiner Legionen noch
zu hemmen, und die wilden Leidenschaften gefesselt zu
halten.

Als ihm dies gelungen, schickte er eine Abtheilung
seiner Reiterei nach Rom voraus, und ließ dem Volke
sagen, es möge sich ruhig verhalten, und ohne Furcht
sein; nicht in feindlicher Absicht käme er, sein Ziel sei
nur das Consulat.

Unmittelbar nach dieser Botschaft folgte Octavian
selbst mit seinem Heere, und lagerte jenseits des Quirinal,
ohne daß von irgend einer Seite nur der geringste Ver=
such zu einem Widerstande gemacht wäre.

Wie luftige Nebelgebilde verschwanden die noch eben
so kühn entworfenen Pläne des Senates; all' sein Muth
und all' sein Trotz verließ ihn, als Octavian ihm gegen=
über trat mit seinen gestählten, von Kampfeslust beseelten
Kriegern.

Die einzige Rettung sah man nur in der gänzlichen
Hingebung an den furchtbaren Gegner; man gab sich
selbst Preis; man eilte ihm entgegen; mit ausgesuchten
Schmeichelworten, mit den demüthigendsten Huldigungen
wetteiferte man um die Gunst, um ein freundliches Wort
Octavians.

Dieser begab sich am folgenden Tage, umgeben von
einer starken Leibwache, in die Stadt, wo sogleich die dort
befindlichen Legionen unaufgefordert, aus eigenem An=
triebe, zu ihm übertraten.

Fast scheint es, als ob das Schicksal mit der Aristo=
kratie in den letzten Tagen ihrer Existenz ein muthwilliges
und grausames Spiel hätte treiben wollen.

In der dem Einzuge Octavians in die Stadt fol=
genden Nacht verbreitete sich nämlich das Gerücht, daß
die beiden tüchtigsten Legionen Octavians von ihm abge=
fallen und zum Senate übergegangen seien. Der Senat
traute dem Gerüchte und schickte, ohne weiter nachzu=
forschen, sogleich mehrere Prätoren nach den verschieden=

sten Richtungen hin ab, um neue Werbungen zu veran=
stalten; auch ließ er rasch die beglückende Botschaft über=
all hin verkünden.

Noch in derselben Nacht sollte eine Senatsitzung
stattfinden und schon fing man an in der Curie sich zu
versammeln.

Aber mit dem grauenden Morgen schwand auch der
nächtliche Wahn.

Unter einem freundlichen Lächeln über die verfehlte,
ohnmächtige Bemühung verbarg Octavian seinen tiefen
Haß gegen diese elende, gleich einem Rohre hin und her
schwankende Aristokratie; sogar die Prätoren, die in der
Absicht gegen ihn zu werben aus Rom abgeschickt ihm
jetzt gefangen vorgeführt wurden, entließ er ungestraft,
den Tag der Abrechnung und der Rache für jetzt noch
verschiebend.

Octavian führte nun sein ganzes Heer auf das Mars=
feld, dann ließ er sich den gesammten Staatsschatz über=
bringen und vertheilte Mann für Mann seinen Legionen
die versprochenen Belohnungen.

Hierauf verließ er die Stadt, damit das Heer in
seiner Abwesenheit die Consulwahl beginnen könnte.

Als er zum Consul gewählt war nebst dem Q. Pe=
dius, seinem Verwandten, der ihm im vorigen Jahre
seinen eigenen Antheil aus der Erbschaft Cäsars über=
lassen hatte, begab er sich zurück nach Rom und opferte
den Göttern, wobei ihm, wie einst dem Romulus bei der
Gründung Roms, zwölf Geier erschienen.

Sogleich im Anfange seines Consulates erließ Octa=
vian ein Gesetz, daß Untersuchungen über die Ermordung
Cäsars stattfinden sollten. Damit war die den Mördern
am 17. März 44 im Tempel der Tellus vom Antonius
bewilligte Amnestie thatsächlich aufgehoben, und zugleich
der Krieg gegen Brutus und Cassius eingeleitet.

In Folge dieses Gesetzes klagten nun die Cäsarianer
nicht nur die Verschworenen an, sondern auch alle die=
jenigen, die aus irgend einem Grunde der Mitwissenschaft
geziehen wurden; so lud man viele vor Gericht, die sich
zur Zeit der Ermordung gar nicht in Rom befanden, wie
den Sextus Pompejus und Domitius Ahenobarbus.

Nachdem vom Herolde den Angeklagten ein Tag be=
stimmt war, um sich in Rom zu stellen, wurden Alle, da
sich natürlich Niemand einfand, in contumaciam ver=
urtheilt.

Ferner beabsichtigte Octavian die Ächtserklärung ge=
gen den Antonius und Lepidus, mit denen er sich gegen
die gewaltige Macht des Brutus und Cassius zu verbin=
den gedachte, aufzuheben. Die Verhandlungen darüber
leitete er aber nicht selber, sondern er schob seinen Mit=
consul, Q. Pedius, vor. Aus diesem Grunde verließ
Octavian Rom, und zog mit seinen eilf Legionen lang=
sam dem jonischen Meere zu.

Während dessen beantragte Pedius im Senate die
Versöhnung mit dem Antonius und Lepidus.

Dem Senate konnte es nicht entgehen, daß diese Ver=
söhnung nicht in seinem Interesse gefordert wurde, son=

7

dern nur, damit sich Octavian um so ungehinderter mit beiden gegen den Senat und deſſer Beſchützen vereinigen könnte.

Aber kein Sträuben half!

Der Druck, unter dem die Ariſtokratie ſtand, war zu gewaltig; die Wucht der Thatſachen erlaubte kaum den Schein eines Widerſtandes.

Die Achtserklärung wurde aufgehoben, und der Verbindung des Octavian mit dem Antonius und Lepidus ſtand fortan kein legales Hinderniß mehr im Wege.

Großes hatte Octavian erreicht.

Vor fünfzehn Monaten täglich von Prozeſſen heimgeſucht, die ihn um ſein ererbtes Gut brachten, vom allmächtigen Antonius tödtlich angefeindet, von der Ariſtokratie mit argwöhniſchen Blicken verfolgt, iſt er jetzt der erſte Beamte des Staates; eilf auserleſene Legionen harren ſeines Winkes; der Senat liegt tief gedemüthigt machtlos zu ſeinen Füßen; Antonius und Lepidus verdanken einzig und allein ihm die Aufhebung der Acht; die Mörder ſeines Vaters ſind verurtheilt.

Aber ſeine Ziele gehen noch weiter.

Tod und Verderben der Ariſtokratie! gänzliche Vernichtung der Partei der Mörder und aller ihrer Anhänger! Das iſt jetzt ſein, das Mark der Gegner erſchütterndes Loſungswort.

Die Proscriptionen.

Ἐπανάστασις γὰρ δὴ πάντων, ὅσα
τίως ὕποπλα ἦν, ἀθρόα τότε ἐγίγνετο.

App. De b. c. IV, 13.

Im October des Jahres 43 vor Chr. vereinigte sich Octavian mit dem Antonius und Lepidus unweit von Mutina.

Man bedurfte sich gegenseitig; auf die eigenen Kräfte angewiesen, fühlte sich jeder der drei Feldherren zu schwach zu einem Kriege oder auch nur zu einem erfolgreichen Widerstande gegen M. Brutus und C. Cassius, denen an der Spitze von zwanzig Legionen die Reichthümer und unermeßlichen Hilfsquellen Asiens zur Verfügung standen.

Asinius Pollio, der Statthalter des jenseitigen Spa= niens, und Plancus schlossen sich bald darauf an die drei verbundenen Feldherren an; Decimus Brutus wurde von seinen Legionen verlassen, die theils zum Antonius, theils zum Octavian übergingen; der unglückliche Feld= herr suchte sich mit wenigen Getreuen nach Gallien zu

7 *

flüchten, er wurde aber entdeckt und von einem gallischen Häuptlinge, Camillus, ermordet.

In der Nähe Mutinas also kamen auf einer kleinen, von einem Flüßchen gebildeten, Insel, Octavian, Lepidus und Antonius zusammen, um sich über die Bedingungen zu vereinigen, unter denen man sich gegenseitig Hülfe und Schutz versprechen wollte.

Nach einer dreitägigen Berathung kam ein Vertrag dahin zu Stande:

1. Octavian überläßt für den noch übrigen Theil des Jahres das Consulat dem Ventidius, dem Unterfeldherrn des Antonius.

2. Alle drei Feldherren haben auf fünf Jahre die höchste Gewalt im Staate inne für die Anordnung sämmtlicher Verhältnisse. '

3. Antonius erhält beide Gallien, Lepidus Spanien, Octavian dagegen Afrika, Sardinien und Sicilien.

Die Leitung des Krieges gegen Brutus und Cassius bekamen Antonius und Octavian; zu diesem Behufe sollte Lepidus dem Octavian drei, dem Antonius vier von seinen eigenen Legionen abtreten, mit den drei ihm noch übrig bleibenden Legionen Rom während der Abwesenheit der andern beiden Triumvirn besetzt halten und Spanien durch seine Legaten verwalten lassen.

Ferner versprach man den Legionen, um sich auf deren unbedingte Bereitwilligkeit und Hingebung bei den voraussichtlich großen Beschwerden des beabsichtigten Feldzuges verlassen zu können, achtzehn italienische Städte zum Eigenthum; Städte, welche sich durch Reichthum, Schönheit der Lage, fruchtbare Umgebung auszeichneten. Zu den Städten, die dieses entsetzliche Schicksal treffen sollte, gehörten Rheginm, Venusia, Ariminum, Vibo.

Schließlich kam man dahin überein, sämmtliche Gegner ohne Erbarmen zu vertilgen, um auf diese Weise keinen Feind im Rücken zu lassen.

Als diese Beschlüsse abgefaßt waren, las Octavian dieselben, mit Ausnahme der in Aussicht gestellten Proscriptionen, den versammelten Heeren vor.

Die Legionen waren hoch erfreut; man umarmte und beglückwünschte sich über die ersehnte Wiedervereinigung und die sichere Erwartung auf unendlichen Gewinn.

Unheilverkündende Zeichen schreckten in diesen Tagen Rom.

Lautes Geschrei von Männern, Waffengetöse, der dröhnende Hufschlag von Rossen, die nirgends erblickt wurden, hörte man deutlich vernehmbar.

Die electrisch geschwängerte Luft entlud sich in häufigen Blitzen, welche Tempel und Bildsäulen zerstörten.

Der älteste der vom Senat befragten etrurischen Zeichendeuter antwortete: „Die alte Königsherrschaft werde wiederkehren und mit Ausnahme eines Einzigen würden Alle der Freiheit verlustig gehen."

Unterdessen beriethen die Triumvirn über die zu Proscribirenden.

Jeder, der in irgend einer Verbindung mit den Ver=

schworenen und überhaupt mit der pompejanisch-senatorischen Partei stand, wurde geopfert; jeder, der sich durch Ansehen, Einfluß, Macht oder Unabhängigkeit des Charakters hervorthat, wurde auf die Proscriptionsliste gesetzt.

Da die Triumvirn gegen ihre mit Schätzen reich versehenen Feinde vieles Geldes bedurften, Italien aber ganz entkräftet war, so verurtheilten sie unter irgend einem Vorwande auch vornämlich die Begüterten, um deren Gelder und Güter einzuziehen.

Nicht selten kam es bei diesen Verhandlungen zu einem förmlichen Menschentausche. Denn es fügte sich wohl, daß die Triumvirn, die ja nur durch die Noth mit einander verbunden, und von gegenseitigem Mißtrauen erfüllt waren, ihre eigenen Freunde und Anhänger, der eine dem andern, aufopferten, den Werth der Geopferten sorgfältig abwogen und danach ihre Gegenforderungen stellten.

Während Sullas Proscriptionen ein Werk furchtbarster Rache waren, so war diese neue Proscription ein Werk der Rache und zugleich der kühlsten und nüchternsten Berechnung.

Unter Sulla stand die siegreiche Partei der besiegten gegenüber; hier aber suchten sich die Sieger selbst, der eine gegen den andern, im voraus zu decken und zu schirmen.

Von dem Senate wurden im Ganzen 300, von den römischen Rittern 2000 geächtet.

Unter den Proscribirten befanden sich auch die Brü=
der und Onkel der Triumvirn und verschiedene ihrer
Unterfeldherren, die dem Hasse und dem Argwohne der
anderen preisgegeben wurden.

Als die Triumvirn mit ihren Heeren endlich in Rom
einzogen, wurde die Stadt, welche von dem blutigen Vor=
haben nichts ahnte, an allen festen Punkten mit Waffen
besetzt, und überall erblickte man militärische Zeichen.

Ungesäumt wurde eine Volksversammlung berufen
und auf den Antrag des Volkstribuns Publius Titius
wurden mit Verletzung des sonst gebräuchlichen Herganges
Lepidus, Antonius und Octavian zur Constituirung des
Staates erwählt.

Sogleich machten die Triumvirn folgende Proscrip=
tionsformel bekannt:

„Wir, Marcus Lepidus, Marcus Antonius, Octa=
rianus Cäsar, erwählt zur Constituirung des Gemein=
wesens, sprechen also:

Wenn die undankbaren Verbrecher nicht die Feinde
ihrer Wohlthäter geworden wären, so hätten sie nicht an
dem geweihten Orte vor den Augen der Götter den
Cajus Julius Cäsar, den Oberpriester, den Besieger der
für Roms Sicherheit gefährlichsten Völker, meuchlings
mit dreiundzwanzig Dolchstichen ermordet, ihn, dessen
Milde sich nicht begnügt hatte, seine im Kriege gefangen
genommenen Gegner am Leben zu erhalten, sondern sie
auch noch obenein erhob zu Ehren und hohen republi=
lanischen Aemtern.

Da wir nun theils aus dem Schicksale Cäsars, theils aus den Nachstellungen, die sie auch uns bereitet, die unbezähmbare Wildheit und die unverbesserliche Niederträchtigkeit der feindlichen Partei ersehen, so ist ihre Vernichtung von uns beschlossen, damit wir nicht selber durch sie unsern Untergang finden.

Tadele aber Niemand unser Verfahren als ein zu hartes oder ungerechtes!

Der blutige Frevel der Ermordung Cäsars, noch immer ungesühnt, forderte strenge Bestrafung.

Statt dessen befleckte die pompejanische Partei sich und den Staat, indem sie die Häupter der Verschwörung zu unbeschränkten Gebietern des ganzen Ostens vom jonischen Meere an bis zu den Ufern des Euphrat machte, und dem Sextus Pompejus, dem Erbfeinde der Cäsarianer, die Herrschaft über die Meere gab.

Gewaltig rüsten nun jene gegen uns.

Schaaren wilder Barbaren haben sie an sich gezogen, um mit ihnen gegen uns zu kämpfen; alle Städte und Inseln, die sich weigern, an dem ungerechten Kriege Theil zu nehmen, werden durch Verwüstung und Brand gezwungen, ihnen Folge zu leisten.

Wer kann es uns verdenken, wenn wir bei unserm Zuge gegen solche Feinde unsere heimlichen und offenen Gegner in Rom und in Italien vorher aus dem Wege räumen?

Steht nicht zu erwarten, daß sie in unserer Abwesenheit dem Brutus und Cassius durch schändlichen

Verrath unserer Pläne und durch Einschüchterung unserer Freunde alle mögliche Hilfe leisten werden?

Die Noth gebietet es, sie, die uns zuerst angegriffen, und uns für Feinde des Vaterlandes erklärt, im Interesse des Gesammtwohles zu vernichten.

Und jene trugen kein Bedenken, auch unsere Legionen zu ächten, und so deutlich zu erkennen zu geben, daß sie im Falle des Sieges ein unendliches Blutbad über alle ihre Gegner verhängt haben würden.

Die Götter haben es anders gefügt.

Wir aber wollen nicht Gleiches mit Gleichem vergelten; ruhig und sicher darf die Menge vor uns sein; auch werden wir nicht so viele bestrafen, wie einst der von der feindlichen Partei so gefeierte Sulla.

Nur die Schändlichsten, nur die offenbar Schuldigsten sollen gerichtet werden! Dies erfordert eure Sicherheit.

Auch fordern unsere Legionen eine Sühne, da man auch sie für Feinde des Vaterlandes erklärte.

Auf öffentlich aufgestellten Tafeln sollen die Namen der Geächteten verzeichnet werden.

So wird die Strafe keinen Unschuldigen treffen; Niemand wird, wie früher unter Sulla, aus Irrthum seines Lebens beraubt werden.

Wir befehlen aber hiermit, keinen der Proscribirten bei sich aufzunehmen, oder zu seiner Rettung beizutragen; die Uebertretung dieses Befehles wird mit dem Tode geahnt.

Die Köpfe der Ermordeten sollen uns überbracht

werden; der Freie erhält eine Belohnung von 25,000 Drachmen, der Sclave von 10,000 Drachmen, dazu die Freiheit und die bürgerliche Stellung des Getödteten. Die Namen derer, welche uns den Kopf eines Proscribirten einliefern, werden nicht schriftlich auf= gezeichnet."

So lautete die furchtbare Proscriptionsformel.

Zur Ausführung ihrer Befehle hielten aber die Triumvirn die versprochenen Belohnungen und die an= gedrohten Strafen noch nicht für genügend; sie ließen alle Thore schließen, jeden nur irgend denkbaren Ausweg besetzen; die abgelegensten Schlupfwinkel wurden durch= sucht; nach allen Seiten durchstreiften weithin zahlreiche Abtheilungen der Legionen die Umgebungen Roms.

Es war, als hätte die Hölle alle ihre Schrecken auf die Oberwelt entlassen, um die einst so mächtige und gefürchtete Aristokratie für ihr egoistisches Treiben und die brutale Ausplünderung des Erdkreises auf das Furchtbarste zu züchtigen.

Furcht, Haß, Rache, tückischer Verrath, schnöde Hab= sucht, empörende Gemeinheit, alle diese unheimlichen, finstern Mächte tauchten plötzlich hervor aus dunkeln Tiefen, endloses Elend und unnennbaren Jammer ver= breitend.

Nicht selten verrieth die Gattin den Gatten, der Sohn den Vater, der Freund den Freund; der Schuldner mußte den Gläubiger auf die Proscriptionsliste zu bringen, der Sclave den Herrn.

Grausenerregend waren die einzelnen Scenen der unseligen Zeit. Der Tribun Salvius, der sich verdächtig glaubte, wollte noch einmal mit seinen Freunden zusammen sein; als man sich versammelt und auf den Polstern gelagert, erschien plötzlich ein Centurio mit Bewaffneten. Bestürzt erhoben sich Alle; der Centurio befahl aber ruhig zu bleiben, ergriff den Salvius bei den Haaren, zog ihn so über den Tisch und schlug ihm das Haupt ab. Das blutige Haupt in der Hand gebot der Centurio nochmals den Anwesenden Ruhe bei Gefahr einer gleichen Strafe.

Als Troanius, ein gewesener Prätor, von den Soldaten ergriffen wurde, bat er um eine kurze Frist; sein Sohn, der viel beim Antonius gelte, solle noch eine letzte Bitte wagen.

Hohnlachend erwiederten ihm die Soldaten: „Schon hat dein Sohn gebeten, aber das Gegentheil von dem, was du erwartest,‟ und tödteten ihn bei diesen Worten.

Des Septimius Gemahlin, die mit einem Freunde des Antonius buhlte, bewirkte durch diesen ihren Buhlen die Proscription des Septimius.

Als dieser, ohne Ahnung von dem treulosen Verrathe, flüchten wollte, wußte seine Gemahlin ihn so lange hinzuhalten, bis die Schergen des Antonius kamen und ihn ermordeten.

Auch Cicero gehörte zu den Opfern.

Die Philippiken hatten den Antonius und dessen Gemahlin Fulvia, die während dieser Schreckenszeit nicht wenige ihrer Privatfeinde um das Leben bringen ließ, im höchsten Grade erbittert. Leidenschaftlich betrieb Antonius die Verfolgung Cicero's, und es gelang auch dem Centurio Länas, den berühmten Redner in seiner Villa bei Formiä zu erreichen und ihm das Haupt und die rechte Hand abzuschlagen.

Lange weidete sich Antonius an dem schrecklichen Anblicke, dann ließ er Haupt und Hand öffentlich auf der Rednerbühne aufstellen.

Nicht ganz vereinzelt waren aber auch die Fälle, in denen mit Verachtung jeder Gefahr und mit Ver=schmähung aller sich darbietenden Vortheile Frauen ihre Männer, Söhne ihre Väter, Sclaven ihre Herren dem Verderben entrissen; andere rettete ihre wunderbare Geistesgegenwart und Kühnheit.

In diese Schreckenszeit fiel der Triumph des Lepidus über Spanien.

Die Triumvirn erließen ein Edict, daß jeder diesen Tag feiern sollte durch Opfer und Festgelage; wer dagegen handele, würde proscribirt.

Mit fröhlichem Antlitze geleitete man den Trium=phator zu den Tempeln, während das Herz bebte vor den furchtbaren Gräueln und Rache kochte gegen die höhnen=den Thrannen.

Noch höher stieg die tiefe Erbitterung, als 1400 reiche Frauen angewiesen wurden, auf das Genaueste ihr Vermögen zu schätzen, um dann nach Belieben der Trium=virn beizusteuern zu den erwachsenden Ausgaben des

Krieges. Mit den härtesten Strafen bedrohte man die, welche ihr Vermögen verheimlichen würden, und bestimmte zugleich Belohnungen für die Angeber.

Die harte Maßregel hatte ihren Grund in dem geringen Ertrage der Güter der Proscribirten. Niemand wollte kaufen bei einem Zustande der Dinge, wo sich Alles in der Schwebe befand; Niemand wollte in den Verdacht kommen, große Schätze zu besitzen; so wurden die Güter, welche Käufer fanden, für einen geringen Preis los= geschlagen.

Hortensia hatte den Muth, im Namen der übrigen Frauen den Triumvirn die Härte des erlassenen Befehles vorzustellen, und es gelang ihr auch, in soweit eine Mil= derung der Verfügung zu erwirken, daß statt 1400 Frauen nur 400 die Summe ihres Vermögens angeben sollten.

Nun mußten aber sämmtliche Männer, ohne Aus= nahme, ihr Vermögen schätzen, den fünfzigsten Theil desselben den Triumvirn als Darlehen geben und die Einkünfte eines ganzen Jahres zum Kriege beisteuern.

Aber nicht nur die Triumvirn bedrohten Leben und Eigenthum ihrer Mitbürger; das Unglück, welches sie verhängt, schon an sich schrecklich genug, wurde durch die Zügellosigkeit der Soldaten gesteigert bis zu dem äußersten Gipfel menschlichen Elendes.

Die Legionen wußten, daß die ganze Macht der Triumvirn einzig und allein auf ihnen beruhe. Im

Gefühl ihrer Unentbehrlichkeit wagten sie Alles, scheuten vor dem Schrecklichsten nicht zurück.

Frech forderten Viele von den Triumvirn die Häuser der Geächteten oder die Villen und hinterlassenen Schätze; Andere wollten von reichen Römern adoptirt werden; nicht Wenige erschlugen aus eigenem Antriebe auch nicht Geächtete und plünderten die Häuser; die Verzweiflung verlieh dem Bedrohten oft unerwarteten Muth und führte zu erschütternden Scenen eines ungleichen Kampfes. Mancher dem Untergange geweihte Römer zündete sein Haus an und ließ die bluthrothen Flammen hinaufschlagen zum Himmel.

Wer nur immer fliehen konnte, flüchtete zum Brutus nach Asien oder zum Cornificius nach Afrika.

Die energischste Hülfe aber gewährte Sextus Pompejus, den der Senat vor wenigen Monaten zum obersten Flottenadmiral ernannt hatte, und der jetzt von Sicilien aus das mittelländische Meer beherrschte.

Sextus Pompejus sandte überall Herolde hin, welche alle Bedrohten und alle Geächteten aufforderten, sich zum Pompejus zu begeben; allen denen, welche einen Geächteten retten würden, versprach Pompejus eine doppelt so große Belohnung, als die von den Triumvirn für die Tödtung verheißene. Zahlreiche kleine Kähne, Barken, Triremen umsegelten die Küsten Italiens, um die Flüchtlinge aufzunehmen.

Pompejus ging Allen, die zu ihm kamen, freundlich entgegen und versah sie mit allem Nöthigen; den Tüch=

tigen gab er Befehlshaberstellen, sowohl in Sicilien als
auch auf den Flotten, und sorgte überhaupt auf alle,
mögliche Weise für einen Jeden, der seine Zuflucht zu
ihm nahm. So war Pompejus in jenen Tagen für
Unzählige ein Schutzengel.

Das waren die Ereignisse in den letzten Wochen des
Jahres 43 vor Chr.

Es gelang den Triumvirn, sich einer großen Menge
gefährlicher Gegner für immer zu entledigen und das
zitternde Italien ihrem Willen zu unterwerfen.

Aber Viele der Geächteten entflohen und erfüllten
mit Haß und Abscheu die Heere und Flotten des Brutus,
Cassius und Pompejus.

Noch stand die imposante Landmacht des Brutus
und Cassius unerschüttert da; Sextus Pompejus, im
Bunde mit Beiden, wurde täglich mächtiger; die Zahl
seiner Matrosen und seiner Soldaten vermehrte sich
unaufhörlich; der Haß Italiens gegen die Triumvirn
verschaffte ihm einen gewaltigen Zuwachs seiner Kräfte.
Tüchtige Unterbefehlshaber verliehen ihrer Mannschaft
auf den Flotten einen wunderbaren Schwung und
erregten durch seltene Geschicklichkeit und Kunst in der
Lenkung der Schiffe die staunende Bewunderung der
Mitwelt.

Wer möchte es wagen, den Ausgang des neuen
Kampfes der Triumvirn gegen die vereinigte Land= und
Seemacht ihrer Feinde vorherzubestimmen?

Was sind nun die Pläne des Octavian? welche Entwürfe hegt sein erfinderischer, furcht= und ruheloser Ehrgeiz? Heftet er noch immer unverwandten Blickes das scharfe Auge auf die Alleinherrschaft, sein Endziel, das hinausgerückt scheint in weite, dämmernde, unab= sehbare Fernen?

Die Schlacht bei Philippi.

'Ο δὶ Ἀντώνιος πάντα ἦν.

App. De b. c. IV. 129.

Die Schreckenswochen der Proscriptionen (Ende des Jahres 43 v. Chr.) hatten die Triumvirn Octavian, Antonius, Lepidus von ihren sämmtlichen inneren Fein=den befreit.

Es handelte sich jetzt im Jahre 42 um die zweite, die schwierigere Aufgabe, um die Bewältigung des Brutus und Cassius, die sich rüsteten mit etwa 19 Legionen und zahlreichen aus Fußvolk und Reiterei bestehenden Hilfs=truppen aus Asien nach Europa überzusetzen und die außerdem unterstützt wurden durch bedeutende Flotten, wie die des Statius Murcus und des Sextus Pompejus, der Beherrscher des mittelländischen Meeres.

Gleich im Anfange (etwa Ende Sommer 42) glückten den beiden Triumvirn, Antonius und Octavian, die ersten Unternehmungen über alle Erwartung.

Mit Recht fürchteten sie die feindliche, der ihrigen weit überlegene, Flotte. Aber Statius Murcus zog sich

vor den bei Brundusium vereinigten Schiffen des Anto=
nius und Octavian zurück, während Sextus Pompejus
durch den Unterfeldherrn des Octavian, den Salvidienus,
in den sicilischen Gewässern beschäftigt wurde.

So gelang es den Triumvirn, denen fortwährend die
günstigsten Seewinde wehten, ihr Heer allmälig nach
Griechenland hinüberzuführen.

Dem Statius Murcus blieb nach seiner Vereinigung
mit dem Domitius Ahenobarbus nichts weiter übrig, als
sich zu beschränken auf die Hinderung der Zufuhr und
neuer Verstärkungen, die den Triumvirn aus Italien
nachgeschickt werden sollten.

Wir haben jetzt vor der Darstellung der Schlacht
bei Philippi noch einen Blick zu werfen auf Brutus und
Cassius.

Marcus Junius Brutus, geboren 85, hatte in der
Schlacht bei Pharsalus, 48 v. Chr., auf der Seite des
Pompejus gegen Cäsar gekämpft. Dieser verzieh ihm
und machte ihn nachher, 46 v. Chr., zum Statthalter des
diesseitigen Galliens. Brutus verwaltete diese vom Dic=
tator besonders begünstigte Provinz zu dessen großer Zu=
friedenheit und zum Segen der Provinzialen.

Im Jahre 44 war er Stadtprätor mit der Anwart=
schaft auf die Statthalterschaft von Macedonien für das
folgende Jahr.

Der Charakter des Brutus war nach allen echten
Zeugnissen und nach seinen öffentlichen Handlungen kein
ursprünglicher; er ist schwerfällig, trocken, ohne alle echte

Unmittelbarkeit; Alles ist reflectirt, zugeschnitten: ohne wahre Energie und ohne wahren Schwung des Geistes lebte er sich mühsam hinein in fremde Vorstellungen und angelernte Gedanken.

Mit beharrlichem Eifer gab er sich philosophischen und historischen Studien hin und suchte den Umgang mit Gelehrten und Denkern, wobei ihn mehr der allgemeine Charakter der Philosophen anzog als wahrhaft schöpferische Kraft und echte, gediegene Bildung.

Sein Geist war auf abstracte Principen gerichtet, aber nicht im Stande, aus der Fülle des Lebens und aus eigenem selbstständigen Denken sich feste Grundsätze zu bilden und sich zu einem einheitlichen Charakter abzuschließen.

Dies machte ihn abhängig; er konnte gewonnen werden, wenn man ihm die Dinge in einem solchen Lichte zeigte, daß sie seinen allgemeinen, unklaren Vorstellungen entsprachen.

Undankbarkeit, eisige Kälte, empörende Härte, trotziger Hochmuth des römischen Optimaten vertrugen sich mit der schalen und unfruchtbaren Philosophie des Brutus.

Cicero beklagt sich auf das Bitterste in seinen Briefen an den Atticus über des Brutus Anmaßung und dreistfordernde Manier; in den härtesten Ausdrücken spricht er sich aus über den schändlichen Wucher, den jener in Cicilien durch untergeordnete Agenten trieb.

Es erhellt aus der Geschichte nicht, wie Cäsar beson-

8*

dere Neigung zu einer so beschränkten und langweiligen,
ja widerwärtigen Persönlichkeit haben konnte; übrigens
gehörte Brutus, wie wir dies aus Ciceros Briefen er=
sehen, nicht zu dem näheren, vertrauten Kreise Cäsars,
wie Hirtius, Pansa, Balbus, Oppius, Matius.

Wahrscheinlich bewogen den Dictator besondere Gründe,
den Brutus zu begünstigen. Dieser, ein Neffe des Cato,
vermählt mit dessen Tochter Porcia, konnte theils durch
seine Verbindungen dem Herrscher, der eine immer engere
Verschmelzung der Parteien erstrebte, nützlich werden,
noch mehr aber durch das Ansehen, welches ihm sein
strenges, hartes, rigoristisches, mit philosophischem Ge=
pränge bekleidetes, Wesen verschaffte.

Der Plan zur Ermordung Cäsars ging nicht von
ihm aus, sondern von Cassius, der ihn durch den Hin=
weis auf seine angeblichen Vorfahren Brutus, das
Ideal eines starren Republikaners, und durch sonstige
Vorspiegelungen und Manöver ganz auf seine Seite zog.

Cassius gebrauchte den Brutus, um durch ihn An=
dere mit in die Verschwörung zu locken.

Brutus Name sollte der blutigen That den Charakter
des Patriotismus verleihen; aber es rächte sich, daß man
ihn in das Geheimniß zog; denn er war es, der die zu=
gleich mit beabsichtigte Ermordung des Antonius hinderte.
Einestheils, meinte Brutus, würde durch die Nichtermor=
dung des Antonius der Beweis geliefert, daß Cäsars Un=
tergang nicht ein Werk der Rache, sondern nur der Ge=
rechtigkeit sei; dann aber hoffte er bei seinem gänzlichen

Mangel an Menschenkenntniß, daß Antonius nach der That sich an die Verschworenen anschließen und gemeinschaftlich mit ihnen die alte republikanische Verfassung wieder herstellen würde.

Wie dürftig, wie kläglich erscheint Brutus nicht in den nächsten Monaten nach dem Morde! Wie hängt sein ganzes Thun und Treiben vom Zufall ab! Welch' unbegründeten, einfältigen Hoffnungen gibt er sich hin!

Ohne den erbitterten Zwist zwischen Octavian und Antonius würde er rasch von der Bühne verschwunden sein.

Das Glück war ihm ungewöhnlich günstig.

Gegen das Ende des Jahres 44 begab er sich nämlich nach Athen und von da nach Macedonien.

Der Statthalter Macedoniens, Hortensius, trat ihm im Anfange des Jahres 43 ohne Weiteres diese Provinz ab, obwohl Brutus seit einer durch M. Antonius durchgesetzten Verfügung keinen Anspruch auf Macedonien mehr hatte, sondern sich statt dessen nach Creta begeben und Rom mit Getreide versorgen sollte.

Die illyrischen Truppen unter Batinius schlossen sich ebenfalls dem Brutus an; die in den verschiedenen Gegenden Griechenlands zerstreuten Trümmer der alten pompejanischen Armee folgten dem Beispiele, und Brutus, eifrig unterstützt von den Macedoniern, sah sich in kurzer Zeit an der Spitze von acht Legionen. Ferner übergab ihm der Quästor Appulejus den in Asien erhobenen Tribut von etwa sechzehn Millionen Thalern; außerdem bemächtigte sich Brutus des bedeutenden Waffenvorrathes,

den Cäsar zu seinem gegen die Parther beabsichtigten
Feldzuge in der thessalischen Stadt Demetrias hatte au=
häufen lassen.

Die so widerrechtlich angemaßte Gewalt erkannte der
Senat im März 43 an, besonders auf den eifrigsten Be=
trieb Ciceros.

Auf diese Weise wurde Brutus plötzlich mächtig.

Von Macedonien setzte er dann nach Asien über und
brandschatzte die Asiaten, vorzüglich die unglücklichen Ly=
cier, auf das Furchtbarste. Nicht Geld genug glaubte er
erpressen zu können, um durch reichliche Geschenke sein
Heer, das zum Theil unter Cäsar gedient, dauernd an
sich zu fesseln.

Sein Verhältniß zu Cassius war nie ein nahes ge=
wesen; selbst jetzt, wo ihre Interessen vollständig zusam=
menliefen, konnte nur durch große Anstrengungen einem
offenen Zerwürfnisse vorgebeugt werden.

C. Cassius, älter als Brutus, gab schon in früher
Jugend Beweise eines heftigen und ungestümen Cha=
rakters.

Er besuchte gemeinschaftlich die Schule mit dem
Sohne des Dictators, dem Faustus Sulla.

Als dieser vor den übrigen Schülern die Allmacht
seines Vaters pries, gab ihm Cassius ohne Weiteres
Ohrfeigen. Als heftig und ungestüm schildert ihn uns
auch Cicero in seinen vertrauten Briefen an den Atticus.
In der Stunde der Gefahr verließ den Cassius nicht
selten kaltblütige Besonnenheit.

Im parthischen Kriege, 53 v. Chr., zeichnete er sich
als Quästor des Crassus durch kriegerische Tüchtigkeit
und Einsicht aus; nach der unglücklichen Schlacht von
Carrhä, in welcher Crassus fiel, übernahm Cassius die
vorläufige Verwaltung der Provinz Syrien, und schützte
dieselbe vor den Einfällen der Parther.

Im Bürgerkriege befand sich Cassius auf Seiten des
Pompejus; als er nach der Schlacht bei Pharsalus an
der Spitze einer kleinen Flotte unvermuthet mit Cäsar
in dem Hellesponte zusammentraf, verließ ihn die Geistesgegenwart und er ergab sich augenblicklich.

Cäsar begnadigte ihn und wußte seine kriegerischen
Talente zu verwerthen. Im Jahre 44 war er Prätor-
peregrinus; zur Statthalterschaft in Syrien hatte ihm
Cäsar Hoffnung gemacht.

Einzig und allein ging die Verschwörung vom Cassius
aus. Er glaubte sich zurückgesetzt; sein Ehrgeiz, seine
Ruhm- und Habsucht wurden nicht befriedigt; sein Op-
timatenstolz ertrug nicht Cäsars kraftvolle Dictatur.
Gewiß irren wir auch nicht in der Annahme, daß Cassius
den von Cäsar beabsichtigten Feldzug selber zu übernch-
men wünschte; er wollte im parthischen Kriege Lorbeeren
sammeln, der Orient sollte ihm Schätze verschaffen, dann
wollte er im Glanze des Triumphzuges den Römern erscheinen. Die in Aussicht stehende Statthalterschaft Sy-
riens ermöglichte ihm dies in seiner Vorstellung für den
Fall des Todes Cäsars ohne irgend eine Schwierigkeit.

So ermordete Cassius seinen Wohlthäter und ward

die Veranlaffung zu einem entſetzlichen Bürgerkriege, der
das Grab der hohen römiſchen Ariſtokratie wurde.

Nach der Ermordung war er rath= und hülflos wie
Brutus.

Die Anwartſchaft auf Syrien ward ihm durch den
in jenen Monaten allmächtigen Antonius genommen und
dem Cornelius Dolabella überwieſen. Dadurch gelang -
es dem Antonius, dieſen ſeinen Mitconſul ganz in ſein
Intereſſe zu ziehen. Caſſius ſollte ſtatt Syrien Cyrene
erhalten; aber er folgte nicht. Im Herbſte 44 verließ er
mit Brutus Italien und begab ſich nach Syrien, um ſich
mit Gewalt dieſer Provinz zu bemächtigen.

Das Glück begünſtigte ihn hier, wie den Brutus in
Macedonien.

Ein alter Pompejaner, Baſſus, hatte nämlich früher
einen Aufſtand gegen Cäſar gewagt und ſich in die von
ihm gut befeſtigte ſyriſche Stadt Apamea eingeſchloſſen.

Cäſar ſchickte zur Belagerung den Statius Murcus
mit drei Legionen, und als dieſer ſich zu ſchwach fühlte,
ſo folgte noch der Prätor M. Criſpus mit ebenſo viel
Truppen; Beide belagerten nun gemeinſchaftlich Apamea.

So war die Lage der Dinge in Syrien, als Caſſius
erſchien. Bei dem hohen Anſehen, in dem dieſer ſtand,
iſt es nicht zu verwundern, wenn die beiden Feldherren
ihm das Obercommando überließen; die Belagerten
legten jetzt ihr Schickſal in die Hände des Caſſius.

In Folge dieſes glücklichen Gelingens ergab ſich auch
der Prätor Allienus, der Legat des Dolabella, der dieſem

von Egypten aus, wo er bis jetzt zum Schutze der Kö=
nigin Cleopatra gestanden, zu Hilfe kommen wollte, mit
seinen vier Legionen dem an der Spitze von acht Legio=
nen anrückenden Cassius.

In einem Briefe vom 7. März 43 theilte Cassius
diese Nachrichten dem Cicero mit.

Zwar machte Dolabella, der auf seinem Zuge durch
Kleinasien den Statthalter dieser Provinz, den Trebonius,
einen der Verschworenen in Smyrna hatte ermorden
lassen, den Versuch, die ihm zugewiesene Provinz Syrien
wieder zu erobern; allein Cassius war schon zu sehr er=
starkt, außerdem stand ihm eine tüchtige Flotte zur Ver=
fügung. Dolabella wurde in der syrischen, am Meere
gelegenen, Stadt Laodicea eingeschlossen, und als die
Stadt in Folge von Verrath mit Sturm genommen
wurde, gab er sich selbst den Tod.

Das Glück hatte die kühnsten Hoffnungen des Cassius
übertroffen; es fragte sich, ob er es richtig benutzen und
sich desselben würdig zeigen würde.

Drei Wege lagen vor ihm.

Am liebsten hätte er einen Raubzug gegen das reiche
Egypten unternommen, welches, augenblicklich von Hun=
ger und Seuchen heimgesucht und entblößt von römischen
Truppen, die sich unter dem Prätor Allienus, wie vorhin
bemerkt, dem Cassius hatte ergeben müssen, eine leichte
Beute zu werden verhieß.

Allein Brutus drang in ihn, sich nicht zu weit zu
entfernen, da schon die Kunde von den Vorbereitungen

des Antonius und Octavian nach Asien gelangt war. Cassius gab nach, konnte sich aber nicht dazu verstehen, schon jetzt mit dem Brutus nach Europa überzusetzen, was das Vernünftigste und Natürlichste war; statt dessen unternahm er einen Rache= und Raubzug gegen alle die, welche sich dem Dolabella günstig gezeigt hatten.

Städte und Provinzen wurden unbarmherzig gequält; um die unerschwinglichen Contributionen zu bezahlen, mußten die Tarsenser z. B. all' ihr Gold und Silber ausliefern, dann die öffentlichen Kleinodien, die heiligen Geräthschaften, ihre Sclaven, ihre Kinder und Frauen, ihre ergrauten Eltern verkaufen und so einem schrecklichen Elende preisgeben.

So verfuhr der Befreier Cassius.

Auch die Insel Rhodus, welche sich ihm nicht anschließen wollte, und erst durch Verrath und Waffengewalt bezwungen werden konnte, hatte mit ungeheuern Summen zu büßen.

Wohl bedurfte man viel. Durch unermeßliche Geschenke sollten die Legionen gefesselt werden; das unglückliche Asien lieferte die Mittel dazu.

Die grenzenlose Härte und unerbittliche Grausamkeit des Cassius ging so weit, nach dem verwüstenden Plünderungszuge durch Asien noch die Bezahlung eines Tributes von zehn Jahren im voraus mitleidslos einzutreiben.

Während Cassius und Brutus so in Asien und auf den Inseln wie Räuber und Mordbrenner hausten, kam

die Nachricht von der Besetzung der thracischen Engpässe
im Gebiete der Corpiller und Sapäer jenseits Philippi
durch die beiden mit acht Legionen vorausgeschickten feind=
lichen Unter=Feldherren Decidius und Norbanus.

Dies trieb zur Eile.

Rasch wurden die sämmtlichen Truppen zusammen=
gezogen, und im Herbste des Jahres 42 setzten Brutus
und Cassius von Abydus über den Hellespont nach Sestus.

Der Zug durch Thracien längs des Meeres, vorbei
an den Städten Aenos und Maroneia, war mit vielen
Schwierigkeiten verknüpft.

Zwar der Durchmarsch durch das von dem Decibius
besetzte Corpillergebirge ging rasch von Statten.

Norbanus nämlich, der von den vereinigten Heeren
des Brutus und Cassius und von der das feindliche Heer
unter Anführung des Tillius Cimber begleitenden Flotte
für seine Stellung im Sapäerpasse fürchtete, hatte den
Decibius zur Verstärkung an sich gezogen, und so war
den Gegnern der Paß ohne Schwertschlag geöffnet.

Jetzt galt es, durch das Sapäergebirg hindurch zu
dringen.

Die Natur schien diese Pässe uneinnehmbar gemacht
zu haben; nun aber, wo dieselben auf das stärkste von
entschlossenen Feldherren besetzt waren, hielten selbst die
Unerschrockensten den Versuch, den Durchmarsch zu er=
zwingen, für zu tollkühn; nicht die entfernteste Möglichkeit
des Gelingens sei vorhanden.

In dieser Noth, als man auf die Hoffnung, ohne

allzugroße Umwege nach Philippi zu gelangen, verzichten
zu müssen glaubte, erklärte Rascupolis, der Herrscher
eines Theils von Thracien, der es mit dem Brutus und
Cassius hielt, es existire noch ein selbst den meisten Ein=
geborenen vollständig unbekannter Weg durch das Sa=
piergebirg; große Schwierigkeiten seien freilich zu über=
winden; an rauhen, schroffen Felsabhängen führe der=
gefährliche Pfad vorbei; Mangel an Wasser erhöhe die
Noth, tausende von umgestürzten Baumstämmen hemmten
in dem Urwalde, den die Strahlen der Sonne nicht zu
durchdringen vermöchten, Schritt und Tritt des verzwei=
felnden Wanderers. Würde der Wald aber nur einiger=
maßen gebahnt, und schrecke man nicht zurück vor der
Mühsal von drei Tagen, so könne er durchschritten wer=
den; am vierten Tage würde man den Fluß Harpessus,
der sich in den Hebros ergieße, erreichen, von da sei man
nur eine Tagereise weit von Philippi entfernt; dann sei
das feindliche Heer umzingelt und dem sichern Unter=
gange geweiht.

Der Vorschlag wurde angenommen.

Eine starke Truppenabtheilung unter dem Bibulus
ward beordert, den Urwald gangbar zu machen; unver=
drossen gingen die Soldaten an die ungewohnte harte
Arbeit.

Bald beschritt der Vortrab den Weg und erreichte
glücklich nach unendlichen Strapazen das heißersehnte Ziel.

Kaum erblickten die Vorderstenden Fluß Harpessus,
als sie ein lautes Freudengeschrei erhoben; von Mund zu

Mund, von einer Abtheilung zur andern flog die frohe
Kunde, und lauter Donnerruf durchhallte den mächtigen
Urwald.

Ohne den Rascus, den Bruder des Rascupolis, war
Norbanus umzingelt und unrettbar verloren. Aber Racs=
cus hatte im letzten entscheidenden Augenblicke den kühnen
und von der Verzweiflung eingegebenen Marsch bemerkt
und rasch den Norbanus davon benachrichtigt, der mit
der höchsten Eile in der Stille der Nacht aufbrach und
sich bis Amphipolis zurückzog.

So erreichte das Heer des Brutus und Cassius un=
gefährdet Philippi; neben dieser Stadt war die eigent=
liche Hauptstraße, die durch Thracien von Europa nach
Asien führte.

Die thracische Stadt Philippi, auf einem breiten
Hügel gelegen, war vom Könige Philipp befestigt, und
hatte von ihm den Namen erhalten. Gegen Norden hin
umgaben mächtige Wälder und Schluchten die Stadt;
östlich erstreckten sich weithin die Pässe der Sapäer; im
Westen dehnte sich etwa neun Meilen lang eine frucht=
bare, schöne, sagenberühmte Ebene hin. Proserpina sollte
hier einst Blumen pflückend vom Pluto geraubt sein; der
die Ebene durchströmende Fluß Zygactes hatte seinen
Namen, weil Pluto beim Uebersetzen über diesen Fluß
das Joch seines Wagens zertrümmerte. Sanft senkte sich
die Ebene; sie war außerordentlich günstig gelegen zu
einem Kampf für den, der die Gegend von Philippi be=

herrschte. Im Süden der Stadt waren gewaltige Sümpfe, die sich bis zum Meere hin erstreckten

Nicht weit von Philippi waren zwei ziemlich steile Hügel, die von einander nicht ganz eine Viertelmeile entfernt waren; den nördlich gelegenen Hügel besetzte Brutus, den südlichen Cassius mit einem stark befestigten Lager. Der Zwischenraum zwischen diesen Hügeln wurde auf das stärkste mit Wall und Graben verschanzt. Zwischen dem Lager des Cassius und den an das Meer sich anschließenden Sümpfen befand sich ein kleiner Engpaß, den Cassius mit einer Mauer und mit Castellen versah.

Auf diese Weise war die Linie von Philippi bis zum Meere hin ein einziges furchtbares Lager.

Auf der nicht weit davon gelegenen, von der Flotte beschützten, Insel Thasos waren Vorräthe jeglicher Art in Menge aufgehäuft, die Zufuhr also reichlich und un=gehindert, im Rücken alles beruhigt; eine befestigtere und gesichertere Stellung mithin kaum denkbar.

Es drängt sich uns hier die Frage auf, warum Nor=banus und Decidius nicht verfolgt wurden. Allein schon war die Kunde von dem Nahen des Antonius eingetroffen.

Antonius hatte seinen Marsch beschleunigt, um we=nigstens Amphipolis, etwa 9 Meilen von Philippi ent=fernt, zu retten, da seine Unterfeldherren die Pässe nicht zu halten vermocht hatten. Als er die Stadt Amphipolis schon vom Norbanus befestigt fand, so beschloß er, die=selbe zu seiner Operationsbasis zu machen. Demnach ließ Antonius alles nur irgend entbehrliche Kriegsgeräth hier zurück, ebenso die nicht sehr bedeutenden Getreidevorräthe, und marschirte kühn den Feinden entgegen.

Kaum eine Viertelmeile weit von Philippi schlug er sein Lager auf.

Brutus und Cassius erstaunten über die unglaubliche Kühnheit, mit der Antonius es wagte, auf einem so über= aus ungünstigen Terrain im Angesichte der Feinde, die die Höhen beherrschten, sich zu befestigen.

Aber den Antonius drängte die Noth.

Macedonien und Thessalien konnten nur auf kurze Zeit sein Heer ernähren; Zufuhr aus Afrika, Spanien, Italien, Egypten war unmöglich, da die feindlichen Flot= ten jetzt unbedingt Herren des Meeres waren.

So errichtete Antonius sein Lager unter den Augen seiner Gegner, er legte Castelle an, zog Gräben, warf Wälle auf; alles mit wunderbarer Schnelligkeit. Als das Lager vollendet war, erschien Octavian, der bei seinem schwächlichen Körper von den ungeheuern Anstren= gungen der letzten Jahre erkrankt, jetzt nothdürftig her= gestellt, nicht fehlen wollte bei dem großen Entscheidungs= kampfe und der sich nun in einer Sänfte bei den einzel= nen Heeresabtheilungen herumtragen ließ.

Das Heer des Antonius und Octavian, in einem einzigen Lager campirend, war im Ganzen an Stärke dem der Gegner gleich.

Alles kam jetzt darauf an, eine Schlacht zu erzwin= gen, da man sich sonst der furchtbaren Gefahr einer Hungersnoth ausgesetzt sah.

Cassius und Brutus ersahen ihren Vortheil wohl. Fortwährend hatten sie ihr Heer in Schlachtordnung auf den Hügeln aufgestellt, aber vermieden es sorgfältig, sich in einen Kampf einzulassen.

Sie wollten das feindliche, von jeder Zufuhr abge-schnittene, Heer aushungern und sich so einen kampflosen, ungefährlichen Sieg sichern.

Die Ausführung dieses Planes war um so leichter, da ihre durch Natur und Kunst auf's stärkste befestigten Lager eng mit einander verbunden waren, und so ein ge-theilter Angriff außerhalb des Bereiches der Möglichkeit zu liegen schien. Zur Eile trieb nichts, Zufuhr hatten sie überreichlich wie im tiefsten Frieden.

Gekommen war der Zeitpunct, wo Antonius seine ganze Tüchtigkeit und Kraft, seine Schlauheit und seinen tollkühnen Muth, sein Feldherrengenie im vollen Glanze entfalten sollte.

Er überzeugte sich, daß eine Schlacht unter jeder Bedingung erzwungen werden müßte; daß trotz des voraussichtlich großen Menschenverlustes der Kampf zu wagen sei, um das Heer zu erretten aus der entsetzlichen Noth, um es zu bewahren vor einem ruhmlosen, kläg-lichen Untergange.

Da er nun die Feinde trotz seiner immer unermüd-lich wiederholten Anstrengungen nicht aus ihren festen Positionen herauslocken konnte, so unternahm er endlich eine staunenswürdige Riesenarbeit.

Mitten durch die am Meere sich hinziehenden Sümpfe

beschloß er einen schmalen Damm zu schlagen, um so den
Feinden in den Rücken zu kommen und die Zufuhr von
Thasos aus zu verhindern.

Das Rohr wurde abgeschnitten, der Damm aufge=
worfen, Steine in die Tiefe gesenkt, kleine Brücken ge=
schlagen, Alles in lautloser Stille. Als das Werk gelun=
gen, schickte Antonius mehrere Cohorten hinüber an den
jenseitigen Rand des Sumpfes; schnell wurden einige von
Natur befestigte Puncte genommen und Castelle errichtet.
Dadurch, daß Antonius stets sein ganzes Heer in Schlacht=
ordnung den Feinden entgegengeführt hatte, hielt er den
Verdacht einer derartigen Unternehmung fern; außerdem
verbarg das hohe Rohr zu den beiden Seiten des Dam=
mes die arbeitenden Soldaten.

Cassius erstarrte anfangs vor Schreck über das Wun=
derwerk; aber rasch faßte er sich und in höchster Eile ließ
er einen Querdamm schlagen, um die Pläne des Antonius
zu durchkreuzen, die hinübergeschickten Cohorten anzugrei=
fen und den Antonius zu hindern, denselben Hilfe zu senden.

Alles schien in diesem verhängnißvollen Momente
verloren, die Frucht eines in zehn Tagen und Nächten
vollendeten Meisterwerkes vernichtet.

Aber Antonius zeigte sich der drohenden Gefahr ge=
wachsen.

Im Nu übersah er die ganze Lage der Dinge; der
eine Theil seines Heeres schwebte in Gefahr abgeschnitten
zu werden, der übrige Haupttheil dagegen wurde mehr
und mehr von dem Mangel an Lebensmitteln gepeinigt.

Jetzt oder nie mußte der Kampf gewagt werden, mochten die Würfel fallen, wie es das Verhängniß be= stimmte.

Es galt die jähen Höhen zu stürmen, nicht zurückzu= beben vor dem Tod und Verderben drohenden Angriffe gegen eine Position, die des zähesten, verzweifeltsten Mu= thes zu spotten schien.

Antonius setzte Alles an Alles.

Dem Kriegsgotte gleich ging er entschlossenen Muthes an der Spitze seiner begeisterten Legionen vorbei an dem kleinen befestigten Engpasse, um den von dem Heere des Cassius besetzten steilen Hügel zu erklimmen.

Kaum gewahrte das Heer des Brutus diesen kühnen, stolze Zuversicht kundgebenden Angriff, als es, ohne den Befehl des Feldherrn zu erwarten, herunter eilte auf die gegenüber lagernden Legionen Octavians.

Aber Antonius stürmte unaufhaltsam weiter entgegen der die Position festbehauptenden Schlachtreihe des Cas= sius, der kaum seinen Augen trauen zu dürfen meinte bei dem Anblicke des tollkühnen Unternehmens.

Aber nichts hielt den Antonius auf; nicht die Tau= sende von Wurfspießen, die aus der sichern Höhe gewor= fen ihr Ziel nicht verfehlten, nicht die Wurfgeschosse, die mit unwiderstehlicher Gewalt auf die durch Nichts ge= schützten Octavianer geworfen wurden, nicht die Leichen= hügel, die sich zu seinen Seiten hoch aufthürmten.

Endlich kam es zum hartnäckigen Kampfe; nach blu= tiger Arbeit, nach übermenschlicher Anstrengung durch=

brach Antonius die feindlichen Reihen und eilte nun, den
weitern Kampf seinen Unterfeldherren überlassend, mit
einer auserwählten Mannschaft zur Erstürmung des klei=
nen, unmittelbar an das Lager des Cassius sich anschlie=
ßenden Engpasses.

Rasch wurden die Palissaden zertrümmert, der Gra=
ben ausgefüllt, die Mauern unterhöhlt, die Wächter auf
den Thürmen ermordet, die Thore eingeschlagen; so drang
er in das Innere des Passes, stieg hinan zum Lager des
Cassius, zerstörte dasselbe und half die Niederlage und
regellose Flucht des Cassianischen Heeres vollenden.

Cassius, der sich zu einem kleinen, nahe gelegenen,
von ihm schon früher befestigten Hügel begeben, tödtete
sich in Verzweiflung über den unglücklichen Ausgang der
Schlacht und vor Scham, eine so glänzende, vortheilhafte
Stellung nicht behauptet zu haben.

Die Freude des Antonius über den schönen, freilich
mit ungeheurem Verluste erkauften Sieg wurde sehr
getrübt durch die Besiegung des linken Octavianischen
Flügels.

Dem heftigen, unerwarteten Stoße der Legionen des
Brutus war das Heer des Octavian, der sich an diesem
Tage wegen seiner Kränklichkeit und in Folge eines un=
heilverkündenden Traumgesichtes vom Schlachtfelde zu=
rückgezogen, bald gewichen; aber die Sieger, statt ihren
Sieg zu verfolgen, begnügten sich mit der Eroberung und
Plünderung des Lagers.

Beide Theile, sowohl der siegreiche Flügel des Brutus,

9*

wie der des Antonius, konnten ihre Eroberungen nicht
behaupten; Brutus zog sich zurück auf seine verschanzte
Anhöhe und Antonius konnte eben in Folge dieses Sieges
des Brutus und des zu großen Verlustes, den er selbst
erlitten, das Lager des Cassius nicht behaupten; er mußte
sich in die Ebene zurückziehen.

Wie ist die Lage der beiderseitigen Heere, und was ist
das Resultat der furchtbaren Schlacht?

Der Tod des Cassius hatte dem Heere den erfahren-
sten, einsichtsvollsten, erprobtesten Führer genommen, dessen
rauher Strenge unbedingter Gehorsam geleistet wurde.

Das Heer, welches jetzt unter dem Commando des
Brutus stand, wurde demoralisirt; die Cassianer waren
von Neid und Ingrimm erfüllt gegen die Legionen des
Brutus, und gehorchten nur mit unverkennbarem Wider-
willen dessen Befehlen.

Selbst seinem eigenen Heere konnte Brutus nicht gebieten; ohne sein Geheiß hatten sie ja auch den Kampf
begonnen; obgleich ihnen das Glück günstig gewesen,
hatten sie doch die Besiegung des Cassianischen Heeres
durch ihre Uebereilung mit verschuldet.

Jetzt erfüllte sie wilder, trotziger Siegesmuth; der
leicht errungene Sieg hatte sie berauscht und spiegelte
ihnen den Kampf mit den Gegnern als einen unbedeu-
tenden vor.

Den Brutus selbst täuschte der leichte Sieg nicht.
Seine Absicht war, nachdem er das Lager des Cassius
möglichst wieder halte befestigen und neue Castelle errich-

ten lassen, bei dem ursprünglichen Plane zu verharren und eine Schlacht zu vermeiden.

Die Lage des Antonius und Octavian wurde von Tag zu Tag eine bedrängtere.

Ihr Lager war zerstört; mühsam wurde es wieder hergestellt; ihre Linien dehnten sich bei dem gewaltigen Menschenverluste, den Antonius gehabt, zu weit aus; heftige Regenströme erweichten den ohnehin lockeren Boden; die Zufuhr wurde immer knapper, die Lebensmittel theuerer, die Noth immer größer, der nahende Winter mit seinem Schrecken erfüllte mit Sorge die bangenden Gemüther.

Dazu kam die Nachricht, daß die Zufuhr und die Verstärkungen, die Domitius Calvinus aus Italien hatte bringen sollen, vom Domitius Ahenobarbus und Statius Murcus im jonischen Meere aufgefangen und fast die ganze Flotte vernichtet sei.

Aber das Glück verließ den Antonius und den Octavian mit ihrem Heere nicht in dieser schrecklichen Noth.

Der Genius Roms war mit ihnen.

Das Heer des Brutus, ungeduldig des langen Harrens in den thracischen Oeden, verlangte trotzig und siegesgewiß den Kampf; die Centurionen und die Tribünen unterstützten in ihrer Verblendung und in ihrem Uebermuthe das Begehren der Soldaten.

Brutus, ebenso wenig wie früher Pompejus Herr seines Willens, mußte sich gegen sein besseres Wissen dem allgemeinen, laut ausgesprochenen Wunsche fügen.

Er führte das Heer heraus aus den Verschanzungen hinunter in die Ebene, in der eitlen Hoffnung, sich ungefährdet zurückziehen zu können, für den Fall, daß das Glück sich gegen ihn entscheiden sollte. Mit glühender Begier ergriff Antonius die heißersehnte, inbrünstig erflehte Gelegenheit; ungesäumt führte er die verlangenden Legionen in die Schlacht.

Nur kurze Zeit focht man aus der Ferne.

Bald wurde der Kampf mit dem kurzen Schwerte geführt; Mann gegen Mann kämpfte in erbitterter Wuth; jeden Einzelnen durchdrang das Gefühl, daß dieser Tag über das Schicksal Roms unwiderruflich entscheide.

Endlich gelang es besonders der glänzenden Leitung und der unablässig vorwärts dringenden Tapferkeit des Antonius, die feindlichen Reihen zu erschüttern und zum Weichen zu bringen; allmälig lockerten sich die Verbindungen, dann wurde geflüchtet.

In diesem Augenblicke war die Bestrebung des Antonius auf die höchst mögliche Vervollständigung des Sieges gerichtet; in Eile entsandte er die tüchtigsten und bewährtesten Legionen, um den Feinden den Zugang zu deren eigenem Lager zu verschließen.

Die schwierige Aufgabe wurde trotz des verzweifelten Widerstandes gelöst und die Flucht um so wilder.

Diejenigen, welche zum Schutze vom Brutus in dem Lager zurückgelassen waren, sollte Octavian für den Fall, daß sie wagen würden herauszubrechen, auffangen.

Allem Uebrigen unterzog sich Antonius mit rastloser

Ausdauer; mächtig entflammte er die Seinigen und ließ
sie nicht matt werden in der furchtbaren Blutarbeit.

Er verfolgte die Flüchtigen, die noch kämpfenden
Gegner griff er an und schlug sie; er ließ sie nicht dazu
kommen, sich in das frühere Lager des Cassius zu be=
geben; überallhin entsandte er Abtheilungen der Reiterei;
für die verschiedenen Gegenden bestimmte er Anführer,
ließ jeden Schlupfwinkel durchsuchen, einzelne Trupps
umzingelten die noch besetzten festen Puncte, nichts unter=
ließ er, um die Gegner total zu vernichten.

Brutus hatte sich mit vier sehr geschwächten Legionen
in das Gebirge zurückgezogen; er wollte den Versuch
machen, sich durch die feindlichen Posten hindurchzuschla=
gen und sich seines Lagers wieder zu bemächtigen.

Aber die Zuversicht, die Kraft seiner Truppen war
gebrochen. Sie verweigerten ihm den Gehorsam.

Verzweifelnd an seiner Rettung tödtete sich Brutus.

Ohne Zaudern ergaben sich jetzt die Legionen den
Siegern; die einzelnen Trupps kehrten ebenfalls zurück,
die Versprengten fanden sich ein, die noch im Lager be=
findliche Besatzung widerstand nicht länger.

Auch ein großer Theil der Optimaten, die sich nach
Thasos geflüchtet, unterhandelte mit dem Antonius durch
den Messala Corvinus und den Lucius Bibulus, die an=
gesehensten ihrer Partei; man verständigte sich rasch, alle
Besiegten, nur die Verschworenen ausgenommen, wurden
begnadigt; die Insel Thasos ward dem Antonius aus=

geliefert mit ihren bedeutenden Vorräthen an Geld, Waf=
fen, Zufuhr.

Das waren die Tage von Philippi, in denen unter
den zerschmetterten Schlägen des Antonius die Republik
rettungslos zusammenbrach.

Das Glück hatte den Brutus und Cassius auf un=
verdiente Weise in überreichem Maße begünstigt.

Die Lage des Antonius und Octavian war in Wahr=
heit hilflos gewesen.

Aber kühnes Selbstvertrauen, heldenmüthiges Er=
tragen jedes Ungemaches, unermübliches Ankämpfen ge=
gen grenzenlose Schwierigkeiten, todtesmuthiges Wagen
führten zum Ziel.

Unverwelklicher Lorbeer schmückte des Antonius Stirn.

Der Glanz der Tage von Philippi durchstrahlte die
römische Welt; Asien und Europa feierten die wunder=
same That; bei der Nennung des Namens Antonius
durchzuckte den Legionar bewundernde, geheimnißvolle
Scheu.

Und doch! sollte auch Antonius nur ein Werkzeug ge=
wesen sein? Sollte auch er nur gedient haben, einem
Andern die Stufen zum Throne zu ebnen? Sollte viel=
leicht dereinst sein Genius die Schwingen senken vor dem
höheren, majestätischeren Fluge Octavians?

Antonius und Kleopatra.

Quis tibi vesani veniam non daret amoris
Antoni? durum quum Caesaris hauserit ignes
pectus.   Lucan. Phars. 10, 70—71.

Die beiden Schlachten bei Philippi im Jahre 42 vor Chr. hatten die verzweifelten, mit Aufbietung aller Kräfte gemachten Anstrengungen des Brutus und Cassius, die republikanische Verfassung wieder herzustellen, vollstän=digst vernichtet.

Die besiegten Feldherren gaben sich den Tod, um nicht lebendig in die Gewalt ihrer Gegner zu kommen.

Octavian und Antonius gingen aus diesem furcht=baren Kampfe als Sieger hervor.

Das Hauptverdienst gebührte nach dem Urtheile der Römer, und besonders nach dem der Legionen, dem Antonius, dessen unvergleichliches Feldherrentalent und dessen geniale Kühnheit die dem Anscheine nach unüber=steiglichen Hindernisse des Terrains überwunden und das Heer aus der gefahrvollsten Lage zu einem der glänzend=sten Siege geführt hatte.

Antonius und Octavian waren jetzt die Herren der
römischen Welt. Der dritte Triumvir, Lepidus, war zu
unbedeutend, als daß er auf die Gestaltung der Verhält=
nisse einen wesentlichen Einfluß hätte ausüben können;
man fand ihn vorläufig mit der Verwaltung der afrikanischen Provinzen ab. Octavian begab sich nach dem
Siege zurück nach Italien, um hier den Legionen die ver=
sprochenen Ländereien anzuweisen, und das Land zu
sichern gegen die Angriffe des Sextus Pompejus, der an
der Spitze einer bedeutenden Seemacht von Sicilien aus
die Unternehmungen des Octavian lähmte und Italien
den Gefahren einer Hungersnoth aussetzte.

Antonius dagegen ging nach Asien, um hier zu
strafen und zu belohnen, je nachdem man sich für die
Triumvirn oder für die republikanische Partei erklärt
hatte; vor Allem aber, um Schätze zu erpressen zur Be=
lohnung der Legionen, und um sich die Mittel zu neuen
Unternehmungen, besonders zu einer Expedition gegen die
Parther, zu verschaffen.

Sein Marsch durch Asien glich einem bacchantischen
Festaufzuge. Flöten= und Zitherspieler, Tänzer und
Sänger, Mimen und Schauspieler bildeten des Triumvir
nächste Umgebung; die lange ertragenen Anstrengungen
und Mühen wichen den wildesten Orgien, der zügel=
losesten Lust.

Der neue Bacchus, wie sich Antonius gern nennen
ließ, war zwar Vielen ein Gott der Freude und Wonne;
aber Millionen der unglücklichen Asiaten wurden durch

die ihnen nach Willkür auferlegten uuerſchwinglichen Contributionen auf das Furchtbarſte gequält. Der Wohlſtand dieſer von der Natur ſo geſegneten Länder wurde auf Jahre vernichtet.

Die Laune des Antonius entſchied nicht ſelten über das Glück nicht nur Einzelner, ſondern auch ganzer Städte und Reiche: Schmeichler beſaßen ſein Ohr; wer dem Sinnengenuß die meiſte Nahrung zu bieten verſtand, wurde überſchwenglich belohnt; in der Trunkenheit ſprach der Triumvir zuweilen Hab und Gut angeſeheuer Aſiaten den elendeſten Menſchen zu.

Könige und Königinnen drängten ſich an ihn heran, wetleiſerten mit Geſchenken und buhlten um die Gunſt des allmächtigen Feldherrn.

Glänzend feierte die Stadt Epheſus ſeine Ankunft: Männer und Frauen, Jünglinge und Jungfrauen bil= deten einen impoſanten Zug von Satyrn und Bacchan= tinnen; mit Kränzen und Epheu auf dem Haupte und in den Locken, mit Thyrfusſtab, Pſalter und Saitenſpiel in der Hand, zog man ihm huldigend entgegen.

Als Antonius auf ſeinem Marſche nach Tarſus, der Hauptſtadt Ciliciens, gekommen war, entbot er die acht= undzwanzigjährige Königin Egyptens, Kleopatra, zu ſich; ſie war fälſchlich beſchuldigt, den Caſſius bei ſeinen Rü= ſtungen gegen die Triumvirn unterſtützt zu haben, und ſollte dafür jetzt zur Rechenſchaft gezogen werden.

Die Königin, von dem Charakter des Antonius un= terrichtet, trug kein Bedenken, der Aufforderung Folge zu

leiſten; ſie wußte, daß es ſich um die Exiſtenz ihres
Reiches handelte und ſie beſchloß, um ſich daſſelbe zu
erhalten, und die Macht Egyptens zu erweitern, kein
Mittel unverſucht zu laſſen.

Sie erſchien mit unermeßlichen Schätzen verſehen.
Ihr Schiff, reich vergoldet an den Seitenwänden und
getrieben von kunſtvoll mit Silber belegten Rudern, fuhr
den Fluß Cydnus nach Tarſus herauf.

Die Königin lag unter einem goldgewirkten Bal=
dachin; zur Seite ſtanden Liebesgötter, die ihr Kühlung
zufächelten. Die ſchönſten Mädchen, in dem Gewande
von Nereiden und Grazien, ſtanden am Ruderwerk und
am Steuer. Wundervolles und koſtbares Räucherwerk
ſchwängerte weithin die Luft mit balſamiſchen Düften.

Ganz Tarſus verließ auf das Gerücht von der An=
kunft der Königin die Stadt; „Aphrodite,“ hieß es, „die
Göttin der Anmuth und Schönheit nahe ſich, um den
neuen Bacchus, der jetzt in Aſien walte, zu beſuchen.“

Antonius, der auf öffentlichem Markte auf ſeinem
Tribunale ſaß, wurde plötzlich verlaſſen von der ihn
umgebenden Menge, welche die Neugier hinaus lockte zu
dem ſeltenen Schauſpiele.

Endlich ſchickte er einen ſeiner Lictoren zur Königin
und ließ ſie einladen zu einem Gaſtmahle. Sie erwie=
derte, Antonius möge lieber zu ihr kommen.

Der Triumvir gab nach und erſchien mit einem glän=
zenden Gefolge. Kleopatra entfaltete einen nie geſehenen
Glanz und Reichthum, verbunden mit ausgeſuchteſter

Eleganz. Man bettete sich auf Rosenlagern, die von
den feinsten Geweben bedeckt waren; der wunderfame,
magische, in tausendfältigen Reflexen sich brechende Glanz
der Lichter, die berauschenden Klänge der Musik, das
kostbarste Tafelgeschirr, die seltensten Speisen und feurig=
sten Weine, dargereicht von den schönsten Orientalinnen:
Alles dies wirkte bezaubernd auf die Sinne der Römer.
— Nach der Beendigung des Mahles beschenkte Kleo=
patra das sämmtliche Gefolge des Antonius.

Die Einen erhielten das mit funkelnden Edelsteinen
besetzte Service, Anderen schenkte sie reich vergoldete
Rüstungen und Waffen, für Andere standen herrliche
Zelter, prachtvoll gezäunt, bereit, noch Andere erhielten
die auserlesensten Sclaven und Sclavinnen.

Die märchenhaften Wunder des Orients schienen
plötzlich verwandelt in sichtbarste Wirklichkeit. —

Antonius ward von dem Liebreiz der jungen Königin
so gewonnen, daß es dieser gelang, ihn mit sich nach
Alexandria, der durch ihre Schönheit und die Pflege
griechischer Wissenschaft glänzenden Hauptstadt ihres
Landes, hinüberzuführen, obgleich die dringendsten
Geschäfte seine Anwesenheit in andern Provinzen er=
heischten.

Kleopatra hatte von der Natur einen herrlichen
Körper zur Mitgift erhalten, den sie auf das Sorgfäl=
tigste auszubilden bemüht war.

Fern von orientalischer Weichlichkeit, scheute sie keine

Mühe und Arbeit, um sich die höchst mögliche körperliche
Spannkraft zu verschaffen und zu erhalten.

Sie war nicht von vollendeter Schönheit, aber von
unwiderstehlicher Anmuth da, wo sie gewinnen wollte.
Ihre Unterhaltung übte einen sinnebestrickenden, dämo=
nischen Zauber aus; man fühlte sich wie von unsicht=
baren Banden umschlungen, und der Stachel glühender,
verzehrender Sehnsucht blieb tief im Herzen haften. Ihr
Organ war von ungewöhnlichem Wohllaute; ihre Zunge
glich einem vielsaitigen Instrumente, das sich jeder noch
so fein nüancirten Stimmung seelenvoll anschmiegte.

Ihre hohe geistige Begabung und ihre bewunderungs=
würdige Energie bewies sie in der sichern und schnellen
Erlernung der verschiedensten und schwierigsten Sprachen,
mit deren Genius sie auf das Tiefste vertraut war.
Fast mit allen Gesandten an ihrem Hofe unterhielt
sie sich in deren Muttersprache. Parthisch, Syrisch,
Arabisch, Hebräisch, Aethiopisch, Griechisch und Latein
sprach sie mit großer Gewandtheit und überraschender
Fertigkeit.

Den Grundzug ihres Charakters bildete rücksichts=
lose Herrschsucht; galt es ihren Zwecken, so war sie hart
und mitleidslos bis zu gefühlloser Grausamkeit; die
angesehensten Egypter empfanden oft schwer den Druck
ihrer, durch römische Waffen geschützten Despotie und
mußten für die geringste Auflehnung gegen ihren Willen
mit dem Leben büßen.

Sinnengenuß und Schwelgerei waren ihrem innersten

Wesen fremd und dienten ihr nur als Mittel zu ihren
Zwecken.

Da die gefährliche Berührung mit den Römern un=
vermeidlich war, so faßte der kühne Geist der Kleopatra
den Plan, mit Hilfe Roms selbst ihre Macht zu erweitern
und Egypten zu einer Weltstellung zu erheben.

Mit entschiedenem Glücke hatte sie dieses Ziel unter
Cäsar verfolgt. Sie verdankte ihm ihre Alleinherrschaft,
er befreite sie von ihrem Bruder Ptolemäus. Schon
hatte sie dem Cäsar einen Sohn geboren, den Cäsarion,
der bei ihr, in ihrer Residenzstadt lebte. Cäsar ließ sie
dann später nach Rom kommen, ehrte sie dort hoch, und
ließ ihr sogar eine Statue setzen. Der Uebermuth der
Königin empörte nicht selten die römischen Großen; aus
manchen Stellen in den Briefen Ciceros spricht eine un=
gewöhnliche Erbitterung über die Insolenz und den Stolz
der Egypterin.

Der Tod Cäsars verscheuchte sie aus Rom; von den
dann sich erhebenden Verwickelungen und Kriegen suchte
sie sich möglichst fern zu halten und den gefährlichen
Collisionen zu entrinnen.

Als nun aber im Antonius, dem glänzenden Sieger
von Philippi, zu dessen Füßen Asien lag, die drohende
Gefahr erschien, da bot die Königin Alles auf, um ihr
Reich von dem schon lange gefürchteten Schicksale, eine
römische Provinz zu werden, zu erretten, und um sich
selber ihre Herrschaft zu bewahren.

Um dies zu erreichen, sah sie nur den einen Weg, sich

des unbedingteſten, dauernbſten Einfluſſes auf den Anto=
tonius zu verſichern. Ihre Hoffnung auf das Gelingen
eines derartigen Planes war nicht unbcrechtigt; hatte ſie,
nach rem Ausbrucke des römiſchen Dichters Lucanus, des
ſtarken Cäſars Bruſt bewegt, ſo durfte ſie um ſo ſicherer
auf ren Antonius rechnen.

Antonius war ein durchaus naturwüchſiger Cha=
rakter, im Gegenſatz zum Octavian, in welchem die
zäheſte Energie und die gewaltigſte Kraft auf das Engſte
verbunden war mit einer nicht genug zu bewundernden,
ſich ſtets gleich bleibenden, Ruhe, kalter Beſonnenheit und
abſoluter Selbſtbeherrſchung.

Antonius, von Natur edel angelegt, verſtand es wohl,
im Drange der Noth und Gefahr durch ein ſchlau berech=
netes Verfahren einem beſtimmten Ziele unverwandten
Blickes zuzuſteuern und ſo daſſelbe zu erreichen; aber es
fehlte ihm bei rem gänzlichen Mangel ſtrenger innerer
Zucht und echten ſchöpferiſchen Dranges ein klarer, be=
wußter, einheitlicher Lebensplan, alſo gerade das, was
die beiren Cäſaren ſo groß macht.

Die natürlichen Gaben res Antonius waren höchſt
bedeutend. Er beſaß eine vortreffliche, volksthümliche
Beredtſamkeit, die auf den Legionar mächtig wirkte. Sein
kräftiges, derbes, treuherziges Weſen, welches weder
Furcht noch Gefahr kannte und dem Argwohne nicht
leicht Raum gab, gewann ihm die Herzen der Soldaten.
Oft geſellte er ſich ihnen zu, nahm Theil an ihren Zu=
ſammenkünften, trank, würfelte und ſcherzte gern mit

ihnen, ohne daß dadurch seine Stellung als Imperator
im Mindesten gelitten hätte. Im Gegentheil durfte sich
kein Feldherr eines solchen bereitwilligen Gehorsams und
einer solchen hingebenden, aufopfernden, mit der höchsten
Achtung verbundenen, Liebe von Seiten seines Heeres
rühmen, als Antonius.

Bei Belagerungen, in den Schlachten und auf den
Märschen ertrug er heiteren Muthes jede Anstrengung;
Niemand zeigte den Kranken und Verwundeten eine herz-
lichere und menschlichere Theilnahme, als Antonius.
Sein tröstender Zuspruch kräftigte und belebte wunderbar
die ermatteten Krieger.

Aber diese glänzenden Eigenschaften wurden verdun-
kelt durch einen nicht zu zügelnden Hang nach Ver=
gnügungen, durch ein dem Trunke und der Sinnlichkeit
ergebenes Leben.

Sein ursprünglich gutmüthiger Charakter konnte in
den Augenblicken der Erregung des Zornes das Furcht=
barste befehlen und vollbringen. Sein Verstand, nicht
erweitert durch sorgfältige Bildung, war oft nicht scharf
genug, um das Wesen von dem Scheine zu trennen, und
in den Herzen zu lesen; so kam es, daß man ihn zu
Dingen veranlassen konnte, die sonst ungeschehen geblieben
sein würden.

Seine Natur zog ihn hin zum Maßlosen. Prunk,
Pracht, Glanz erfreuten ihn in scharfem Gegensatze
wiederum zu der einfachen gediegenen Natur Octavians.
Antonius bewies dies in dem Uebermaß seiner Be=

lohnungen und in seiner Freigebigkeit; verhältnißmäßig
am seltensten überschritt er in den Strafen das richtige
Maß.

So war der Mann beschaffen, in dessen Händen das
Schicksal der Kleopatra lag und zugleich das ihres ganzen
Reiches.

Wir sahen bereits oben, welch einen Eindruck Kleo=
patra bei ihrem ersten Erscheinen in Tarsus auf den
Antonius machte, und wie es ihr troß der schwierigen
Verhältnisse, die den Antonius zu einem längeren Aufent=
halte in Syrien aufforderten, gelang, ihn zu einem
Besuche nach Alexandria zu bewegen.

Das Streben der Königin ging nun darauf hin, sich
dem Antonius so unentbehrlich zu machen, daß sich ihm
im Falle ihrer Abwesenheit das Gefühl der Leere und
vollständigen Unbefriedigtheit aufdrängen mußte.

Ihr klarer und scharfer Geist erfaßte rasch den Cha=
rakter des Antonius in der Wurzel; sie erkannte, daß
Antonius im höchsten Sinne des Wortes kein autonomer
Charakter sei; der Glanz seines Feldherrnruhmes, der
Pomp der äußeren Erscheinung verbarg ihr nicht eine
Seele, die wesentlich nach äußerem Genuß verlangte.
Ihm diesen zu verschaffen, entfaltete sie die reichen, uner=
schöpflichen Hilfsquellen ihres Geistes. Mit ihrer un=
widerstehlichen Liebenswürdigkeit und dem unbeschreib=
lichen Zauber, der über ihr ganzes Wesen ausgegossen
war, schlug sie den Antonius, dem gegenüber sie die hin=
gebendste, sich selbst vergessende Liebe schien, in tausend

Bauden, und wußte seine Seele zur leidenschaftlichen
Gluth zu entflammen.

In der Behandlung dieses Charakters zeigte die
Königin eine unerreichte Meisterschaft.

Sie ließ den Imperator nicht von ihrer Seite;
überall begleitete sie ihn hin: auf die Jagd, auf den
Fischfang, zu den Trinkgelagen, wo sie an den kecken
Scherzen und Witzen sich betheiligte; verkleidet durchzog
sie mit ihm in der Dunkelheit der Nacht die Straßen
Alexandrias und trieb dann jeglichen Unfug. Sie war
zugegen bei den kriegerischen Uebungen, sie theilte mit
ihm die ernsteren Beschäftigungen und verkehrte in seiner
Gesellschaft häufig mit den alexandrinischen Philologen
und Philosophen. Allem, was Antonius trieb und that,
verlieh sie einen neuen, ungeahnten Reiz.

Alexandria wurde umgeschaffen in einen Zauber=
palast; Kleopatra glich einer gütigen Fee, die jegliche
Sorge, jede Mühe hinfortnimmt, und ewigen bunt=
farbigen Frühling den Menschen hinzaubert. Sie stiftete
einen besonderen Club unter dem Namen der „Unnach=
ahmlichen," dessen Zweck war, das Gefühl der Zeit fort=
zuscheuchen und durch stets neue und raffinirtere Genüsse
jeder Ermattung und Uebersättigung des Antonius sorg=
fältigst vorzubeugen.

Nur zu sehr wurde dies erreicht; aber den innersten
Lebensnerv lähmte unvermerkt der allzu gewaltsame
Wegenschlag bacchantischer Lust.

So verfloß der Winter vom Jahre 41 — 40; die

koftbare Zeit wurde schmählich vergeudet, während Alles
einer obersten, straffen Leitung bedurfte.

Endlich erweckte den Antonius aus seinem Taumel
der Nothruf seiner Anhänger und Freunde in Italien.

Auf Anstiften seiner hab= und herrschsüchtigen Ge=
mahlin, der Fulvia, ferner seines Bruders Lucius und
seines ergebenen Anhängers Manius, war zwischen dem
Octavian und den Antonianern ein Krieg ausgebrochen.

Die letztern wurden besiegt, und nun ergriff Fulvia
mit vielen andern die Flucht nach Griechenland.

. Da verließ Antonius Alexandria und begab sich nach
Italien, wo er die Landung mit gewaffneter Hand er=
zwingen mußte.

Ein neuer gewaltiger Kampf schien unvermeidlich.
Da legten sich die Legionen und die Freunde der
Triumvirn in's Mittel und erwirkten die Versöhnung
beider. Während der Verhandlungen über die abzu=
schließenden Bedingungen eines Vertrages traf die
Nachricht von dem Tode der Fulvia ein. Die Qualen
der Eifersucht wegen des Verhältnisses des Antonius
zur Kleopatra, der Groll desselben wegen der in Italien
besonders von der Fulvia erregten Unruhen und der
Kaltsinn, mit dem ihr Gemahl sie während ihrer Krank=
heit behandelte, hatten ihr Ende beschleunigt.

Es traf sich, daß zu derselben Zeit auch Marcus
Marcellus, der Gemahl der Octavia, der Schwester des
Octavian, gestorben war.

Von allen Seiten erhob sich der Wunsch, raß sich

Octavia mit dem Antonius vermählen, und daß diese
Vermählung das Bündniß zwischen den beiden Triumvirn
besiegeln möge.

Nachdem Antonius das Gerücht, daß er mit der
Kleopatra heimlich vermählt sei, bestimmt widerlegt hatte,
kam die Verbindung zu Stande.

Die Hochzeitsfeier fand in Rom statt unter dem
Jubel der Menge.

Octavia gehört zu den edelsten Frauengestalten des
römischen Alterthums. Seltene Schönheit des Körpers
vereinigte sich in ihr mit den seltensten Gaben des Geistes.
Sie war von vollendeter Bildung und idealster Sitten-
reinheit; ihr Charakter war ernst und tief; dabei besaß
sie die wahrste und aufopferndste Liebe; ihr Vaterland
liebte sie glühend, und hatte sie keinen heißeren Wunsch,
als den, Rom und Italien von den Leiden eines Bürger-
krieges verschont zu sehen.

Willig bot sie dem Antonius die Hand und schloß
sich ihm mit ganzer Innigkeit an.

Einstimmig war die Ansicht der Freunde und Anhänger des Antonius, daß Octavia im Stande sei, den
Antonius aus den unwürdigen Banden der gekrönten
Buhlerin zu erretten, durch ihren Einfluß die Eifersucht der beiden Herrscher zu beschwichtigen, und daß
sie den Römern so ein Unterpfand des Friedens sein
würde.

Diese Hoffnung schien in Erfüllung zu gehen.

Die hohe Weiblichkeit der Octavia und der sanfte

Schmelz ihres ganzen Wesens verfehlten nicht ihren Eindruck auf den empfänglichen Antonius.

Der Winter, den beide in dem gefeierten Athen ver-
lebten, gehörte zu den schönsten Glanzpuncten in dem Leben der Octavia. Umgeben von den herrlichen Werken
der Baukunst und Plastik, den Schöpfungen des Phidias,
führten beide ein Dasein, welches der heitersten Lebens-
freude gewidmet war. Antonius hatte allen Feldherrn-
prunk von sich gethan, er erschien im griechischen Gewande und in weißen Schuhen; nur wenige Freunde
waren seine Begleiter, man vergnügte sich an den Unter-
haltungen mit den athenensischen Künstlern und Philosophen. Häufig war der Triumvir zugegen bei den gymnischen Spielen, nicht selten zeigte er im Ringen mit den
kräftigsten Jünglingen seine gewaltige Stärke. Der Octavia erwiesen die Athener die größten Ehrenbezeugungen
und feierten sie auf jede mögliche Weise.

Bei den bald darauf von Neuem sich erhebenden Verwickelungen zwischen Antonius und Octavian gelang es
den Bemühungen der Octavia, ein Verständniß herbeizuführen und die Gefahr des drohenden Ungewitters für
diesmal noch abzuwenden.

Antonius, der sich jetzt zu seinem lange beabsichtigten
Zuge gegen die Parther rüstete, verließ nun Rom, und
Octavia blieb bei ihrem Bruder zurück. Als Antonius
nach Syrien kam, fand sich die Kleopatra bei ihm ein.

Wir irren gewiß nicht in der Annahme, daß Kleopatra durch ihre vielen in ihrem Solde stehenden An-

hänger, die zum Theil dem nächsten Freundeskreise des Antonius angehörten, in diesem den Wunsch erregt hatte, sie zu sich kommen zu lassen.

Die Vermählung des Antonius mit der Octavia war ihr eine Schreckensnachricht gewesen; sie fürchtete durch diese edle Römerin ihren Einfluß und ihre Macht auf den Antonius zu verlieren. Das Schicksal ihres Reiches schien ihr gefährdet.

Die ganze Kraft ihres mit verschwenderischer Fülle ausgestatteten Geistes setzte sie daran, die Liebe des Antonius zur Octavia zu ersticken, dann selber die Gemahlin des Triumvir zu werden, und durch ihn die Herrschaft über das römische Reich zu erlangen. Und in der That, die fast erstickte Gluth des Antonius loderte bei dem Anblicke der Kleopatra von Neuem hoch auf; wie umgewandelt war sein ganzes Wesen; die blendende Erscheinung der Königin verdunkelte die edle Octavia; seine nächsten Pflichten, seinen eigensten Vortheil vergaß er.

Die unselige Leidenschaft hatte zunächst das Mißlingen des parthischen Feldzuges zur Folge; der Triumvir, dem die Trennung von der Königin unerträglich dünfte, brach zu spät auf.

Dann aber verlor er in Folge seiner Uebereilung zehntausend Mann der besten Truppen, nebst sämmtlichem Belagerungswerkzeuge. Dies vereitelte dann die Belagerung der feindlichen Festung Phraata. Er wurde zum Rückzuge gezwungen und verlor auf demselben 28,000 Mann Kerntruppen. Der andere Theil der

Schuld traf den König Artavasdes von Armenien; dieser
versprach, den Antonius mit einer zahlreichen, trefflichen
Reiterei zu begleiten; dies that der König auch, aber plötz=
lich verließ er das Heer und beraubte so die Römer gerade
der Waffe, deren sie am meisten bedurften.

Um sich an Artavasdes zu rächen, unternahm Anto=
nius bald darauf einen neuen Zug nach Armenien, wo
es ihm gelang, unter dem Scheine der Freundschaft, sich
des Königs und seiner ganzen Familie, mit Ausnahme
des ältesten Sohnes, zu bemächtigen.

In Folge dieses durch Treulosigkeit erlangten Sie=
ges hielt nun Antonius in Alexandria einen glänzenden
Triumphzug, bei dem Artavasdes in goldnen Ketten dem
Triumphwagen des Antonius vorausging.

Kaum konnte das Gefühl der Römer auf eine schmäh=
lichere Weise verletzt werden. Die Ehre des Triumphes
gebührte einzig und allein nur Rom und den Göttern
des Capitols; ein Triumphzug in Alexandria, zu Ehren
einer ausländischen Königin, galt als ruchlose Ent=
weihung der höchsten Ehre, die einem Römer zu Theil
werden konnte.

Aber Antonius ging noch weiter. Mitten auf dem
Markte von Alexandria schimmerte eine versilberte Bühne,
auf der sich zwei goldene Throne befanden; auf dem einen
derselben saß Antonius, die Tiara auf dem Haupte, den
persischen Säbel zur Seite, auf dem andern thronte
Kleopatra in dem Costüme der Göttin Isis.

Zu beiden Seiten waren niedrigere Throne aufge=

stellt; diese hatten inne Cäsarion, der Sohn Cäsars, und die drei Kinder des Antonius von der Kleopatra.

Antonius vertheilte hier, vor den Augen des alexandrinischen Volkes, der Kleopatra und dem Cäsarion, als ihrem Mitregenten, Egypten, Cypern und Afrika. Die andern Kinder erhielten Syrien, Phönicien, Armenien, Cilicien und einen Theil von Arabien.

Die eifrigsten Anhänger des Antonius sahen sich außer Stande, ein solches Verfahren zu vertheidigen, von allen Seiten sprach sich die größte Entrüstung aus; „Antonius," hieß es, „übe den schnödesten Verrath an dem Staate und an den Legionen. Unter Strömen Blutes seien von den ruhmgekröntesten Feldherren die Provinzen erobert, die jetzt Antonius seiner Buhlerin und deren Bastardkindern verleihe. Der Feldzug gegen die Parther sei durch seine Schuld mißlungen, Artavasdes treulos verrathen; entehrt werde der Name des römischen Staates. Eine solche Schande müsse gesühnt werden; rächen müsse man sich an dem Schändlichen, der das Glück seiner in Schönheit und Tugend strahlenden Gattin einer schamlosen Barbarenkönigin opfere."

Kleopatra hatte viel erreicht.

Die herrlichsten Provinzen waren ihr und ihren Kindern zugetheilt; Cäsarion war öffentlich als ihr Sohn vom Cäsar anerkannt.

Der Haß Roms gegen Antonius konnte ihren Zwecken nur förderlich sein; je tiefer die Kluft zwischen ihm und Italien, desto sicherer fühlte s i e sich.

Den Versuch der Octavia, ihrem Gemahl, der sich
auf einem neuen Zuge gegen Medien in Syrien befand,
reiche Geschenke und eine auserlesene Leibwache zu über=
bringen, vereitelte Kleopatra. Die Königin wußte am
besten, wie hoch Antonius seine edle Gemahlin hielt, und
wie die Erinnerung an dieses edle Frauenideal mit un=
erwarteter Stärke aus dem wüsten Sinnenleben hervor=
tauchte.

Wiederholt nahm die Königin zu den raffinirtesten
Künsten ihre Zuflucht; sie ließ sich in abgehärmter Ge=
stalt mit tiefer Trauer in ihren Zügen und Thränen in
den Augen finden; sie schien, wenn Antonius kam, über=
rascht; gewaltsam suchte sie dann den tiefen stechenden
Schmerz zu unterdrücken.

Ihre Anhänger, besonders der gewandte Syrer
Alexas, mußte dem Antonius seine Härte und Grausam=
keit vorwerfen gegen ein Weib, das einzig und allein nur
ihm lebe. Kleopatra begehre nichts, als seine Liebe: Oc=
tavia möge die Gemahlin des Antonius heißen; sie, die
freie Königin Egyptens und so vieler mächtiger und
reicher Länder, sie, die Tochter eines erlauchten Fürsten=
geschlechts, begnüge sich gern mit dem Namen einer Ge=
liebten des Antonius; würde Antonius ihr seine Liebe
entziehen, so würde er das Glück des liebendsten Weibes
vernichten.

Die Sinne des geistig mehr und mehr entnervten
Antonius wurden berückt, zwar nahm er die reichen Ge=
schenke, die ihm der treue Anhänger der Octavia, Nigrus,

überbrachte, seiner Gemahlin selbst aber verbot er zu kommen.

Als Octavian, entrüstet über die seiner Schwester widerfahrene Beleidigung, dieser gebot, die Wohnung des Antonius in Rom zu verlassen, so gehorchte sie nicht; dringend beschwor sie den Bruder, um ihretwillen keinen Krieg zu beginnen; mit Schrecken erfüllte sie der Gedanke, daß sie die Hoffnungen, die die Römer auf sie, als ein Unterpfand des Friedens, gesetzt, nicht nur nicht erfülle, sondern sogar den Vorwand zu einem Bürgerkriege her= leihen müsse.

Mit der liebevollsten Sorgfalt pflegte sie die Kinder des Antonius aus dessen erster Ehe mit ihren eigenen, die sie dem Antonius geboren. Keine Spur von Groll gegen ihren Gemahl war sichtbar.

Das hochherzige Benehmen der Octavia steigerte auf der einen Seite die Bewunderung und Liebe der Römer zu ihr, andererseits aber auch den Haß und den Unwillen gegen Antonius, dessen verhärteter Sinn solches vermöge gegen eine solche Gattin, und welcher der Verräther seiner eigenen Kinder zu werden vor Göttern und Menschen sich nicht scheue.

Meisterhaft verstand es die Politik Octavians, von dieser allgemein verbreiteten Stimmung Nutzen zu ziehen. Er schürte den Haß gegen den einzigen Genossen seiner Macht auf jede nur erdenkliche Weise; die Absicht des Antonius, dem Octavian in dem Cäsarion den echten Erben gegenüber zu stellen, verletzte ihn auf das Tödt=

lichſte. Er traf alle Vorbereitungen zu einem großen Entſcheidungskampfe.

Auch Antonius rüſtete.

Nachdem ſich die Gegner ſchriftlich mit gegenjeitigen Anklagen auf das Heftigſte überſchüttet und Antonius beſonders die vertragswidrige Einziehung der Provinzen des Lepidus, den Octavian im Jahre 36 in Sicilien überwältigte, hervorgehoben hatte, erfolgte die Kriegs= erklärung von Seiten des Senates und des Octavian an die Kleopatra.

„Sie habe durch Liebestränke die Sinne des Anto= nius verwirrt und habe ihn durch ihre Künſte vermocht zur Verletzung der heiligſten Pflichten und zu der Ver= ſchenkung römiſchen Staatseigenthums an ſie und ihre Baſtardkinder.“

So begann der Krieg.

Vorher aber ſchickte Antonius auf den Betrieb der Kleopatra der Octavia einen Scheidebrief mit dem Be= fehle ſeine Wohnung zu verlaſſen. Jetzt mußte Octavia folgen, und ſie verließ unter heißen Thränen das Haus ihres Gemahles.

Nun endlich erreichte Kleopatra ihren Wunſch. An= tonins vermählte ſich mit ihr, wie dies deutlich aus dem Sueton erhellt. Dieſer führt eine Stelle aus einem Briefe des Antonius an den Octavian an. Antonius ſchreibt: „Kleopatra iſt meine Frau.“

Der Stolz der Königin ſtieg jetzt auf das Höchſte.

Eine beſondere Ehrengarde, die aus Römern beſtand,

trug auf den Schilden den Namen der Königin, die jetzt
die feste Erwartung hegte, daß Antonius in dem bevor=
stehenden Kriege Sieger bleiben würde. Dann hoffte sie
die Beherrscherin des Erdkreises zu werden. Ihr höchster
Schwur war: „So gewiß ich künftig auf dem Capitol
Recht sprechen werde."

Der Uebermuth, mit dem Kleopatra die angesehensten
Befehlshaber und Freunde des Antonius behandelte, ver=
anlaßte Viele derselben zum Octavian überzugehen, der
sie mit Freuden und Ehrenbezeugungen empfing.

Die Versuche der Feldherren des Antonius, die Kleo=
patra an dem bevorstehenden Kriege nicht Theil nehmen
zu lassen, scheiterten; zwar gelang es, den Antonius zu
dem gewünschten Befehle zu veranlassen, allein Kleopatra
bestach den bei dem Antonius viel geltenden Feldherrn
Canidius, um dem Antonius das Unrecht einer solchen
Anordnung vorzustellen:

„Kleopatra stelle eine große Anzahl von Schiffen zu
diesem Kriege, sie sorge für die Verpflegung des Heeres
und zahle einen freiwilligen Beitrag von 20 Millio=
nen Thalern. Der Muth und der Eifer der Egyptier
würde geschwächt werden, wenn die Königin entlassen
werde."

Des Canidius Vorstellungen führten zum Ziel, und
Kleopatra blieb.

Hauptsächlich auf ihren Wunsch beschloß man, den
Krieg nicht zu Lande, sondern zur See zu führen.

Vergebens waren in dem Kriegsrathe des Antonius

die eingehenbsten Gegengründe seiner bewährtesten und treusten Generale vorgebracht worden.

„Des Antonius Hauptmacht," hieß es, „bestehe in seinem trefflichen, aus 100,000 Mann bestehenden Land= heere. Antonius habe seine Haupterfolge auf dem Lande errungen; die Flotte sei im Ganzen schlecht bemannt, die Seeleute zu wenig geübt, die Schiffe schwer und unbehülf= lich, die Abneigung gegen einen Seekampf, unter dem ganzen Heere verbreitet, lasse von vorn herein einen be= denklichen Ausgang fürchten.

Die Flotte des Octavian dagegen sei ausgezeichnet; in dem hartnäckigen und schwierigen Kriege gegen den Sextus Pompejus sei Octavian mächtig erstarkt, und durch die endliche Besiegung des Pompejus im Jahre 36 in den Besitz einer bedeutenden Seemacht gekommen. Des Octavian ausgezeichneter Admiral Agrippa habe sein ganzes Genie auf die höchste Vervollkommnung der Flotte, die gründliche Uebung und größte Tüchtigkeit der Matrosen und Seeleute verwandt.

„Als Feldherr zu Lande sei Octavian nicht so bedeu= tend; käme es zu einer solchen Slacht, so sei die größere Wahrscheinlichkeit des Gelingens auf Seiten des Anto= nius."

Aber vergebens! Kleopatra wollte den Krieg zur See, und so geschah es.

Der Aktische Tag, zweite September 31, erschien: am Mittag um 12 Uhr begann im Busen von Aktium die Schlacht.

Als der Kampf etwa eine Stunde gewährt, und die Cäsarianer kaum anfingen einige Vortheile zu erringen, spannte die Königin plötzlich ihr Purpursegel auf und ergriff mit ihren 60 Schiffen die Flucht.

Diese plötzliche Flucht der Kleopatra ist ein Räthsel. Wir halten uns deßhalb einfach an die Worte eines griechischen Schriftstellers, welcher sagt: „Als Weib und Egypterin wurde sie endlich, so lange zwischen Furcht und Hoffnung schwebend, von peinlicher Besorgniß bewältigt, wandte sich zur Flucht und ließ auch ihren Leuten das Zeichen geben."

Kaum bemerkte Antonius die Flucht, als auch er mit seinem Schiffe der Königin folgte.

Nicht leicht ist das Urtheil über die Handlungsweise eines Feldherrn so einstimmig gewesen, als das über den Antonius bei dieser Gelegenheit. Er verließ das Heer, das für ihn auf Tod und Leben kämpfte; er wurde der schändlichste, sich selbst für alle Zeiten brandmarkende, Verräther seines eigenen Heeres.

Das Verrätherwerk gegen seine Gemahlin und seine Kinder krönte er durch den fluchwürdigen Verrath seines treuen Heeres.

Als er die Kleopatra erreichte, begab er sich auf deren Schiff; drei Tage hindurch wagten sie nicht sich unter die Augen zu treten; endlich sahen sie sich wieder, mit welchen Gefühlen, vermögen wir mehr zu errathen, als zu schildern.

Gemeinschaftlich segelten beide nach Egypten; dort angekommen, entsandte Antonius die Kleopatra von Parätonium nach Alexandria voraus, während er selbst, nur von zwei Freunden begleitet, sich einem dumpfen Brüten über sein Schicksal hingab. Dann folgte er der Kleopatra nach ihrer Hauptstadt. —

Hier fand er die Königin mit einem großartigen Unternehmen beschäftigt. Sie wollte ihre sämmtlichen Schiffe aus dem mittelländischen Meere über den Suezkanal in den arabischen Meerbusen bringen lassen, und dann, mit ihren Schätzen versehen, an der Spitze einer großen Flotte ein neues Reich suchen, um dem, mit dem Octavian bevorstehenden Kriege und der drohenden Knechtschaft zu entgehen. Und sicherlich würde dieser Plan auch zur vollständigen Ausführung gekommen sein, wenn nicht die Araber gleich die ersten hinübergebrachten Schiffe verbrannt hätten.

Außerdem aber hoffte sie und Antonius, daß das im Peloponnes unter Canidius stehende Landheer des Antonius ihnen treu bleiben würde. —

Sie befestigten alle Landungsplätze Egyptens für den Fall, daß Octavian eine Landung versuchen sollte.

Antonius gab sich jetzt von Neuem der Einsamkeit hin, mied den Umgang mit Menschen und zürnte in seinem Unmuthe der vermeinten Undankbarkeit seiner vielen Freunde und Genossen.

Da brachte ihm Canidius die Kunde, daß das Landheer, nachdem es sieben Tage den Aufforderungen des Octavian widerstanden, endlich zu diesem übergegangen sei.

Die Nachricht erschreckte den Imperator nicht, son=

dern, gleichsam erfreut, nun mit der Hoffnung auch jede
Sorge weit von sich werfen zu können, verließ er sein
einsiedlerisches Leben und stürzte sich von Neuem mit der
Kleopatra in den wildesten Strudel des Sinnengenusses.
Man wollte den Becher der Freude bis zur Ankunft
des Octavian mit gierigen Zügen schlürfen.

Der Club der „Unnachahmlichen" wurde aufgelöst
und statt seiner ein neuer unter dem Namen der „Zu=
sammensterbenden" gestiftet, der an Luxus, Verschwen=
dung, jeder Art von Lust womöglich den frühern noch
überbot.

Ein Bacchanal folgte dem andern; den Tod im Auge,
die Verzweiflung im Herzen, suchte man sich durch zügel=
lose Schwelgerei zu betäuben.

Trotz dieses Lebens gewann man Zeit übrig, um an
den Octavian Gesandte mit Friedensbedingungen abzu=
schicken.

Kleopatra bat um die Freiheit und Selbstständigkeit
ihres Landes, Antonius dagegen wollte sich begnügen, als
Privatmann in Athen zu leben. Des Antonius Forde=
rung ließ Octavian unbeantwortet; der Kleopatra dage=
gen erwiederte er, daß er auf Erfüllung jeder billigen
Forderung mit Freuden eingehen werde.

Zugleich schickte er an sie einen seiner gewandtesten
Freigelassenen, den Thyrsus, der ihm besonders geeignet
schien, bei der auf die Allmacht ihrer Reize so stolzen
Königin die Hoffnung zu erregen, als würde sie auch den
Octavian an sich fesseln, und so unverhofft, trotz des jähen

11

Wechsels ihres Schicksals, zu ihrem Endziel gelangen und
Kaiserin von Rom werden.

Die auffallend ehrenvolle Aufnahme des Freigelasse=
nen von Seiten der Kleopatra reizte die Eifersucht des
Antonius, der den Zweck der Sendung ahnte, und er ließ
in seinem Zorne den Thyrsus geißeln.

Um jeden Verdacht danieder zu halten, bewies Kleo=
patra dem Antonius eine ungewöhnliche Hingebung, und
verstärkte die Beweise ihrer Liebe auf das Höchste. —
Während sie ihren eigenen Geburtstag ohne irgend
eine Festlichkeit vorübergehen ließ, feierte sie den des An=
tonius mit einem ungewöhnlichen Gepränge; fast alle
persönlichen Anhänger des Triumvir lud sie ein und
machte ihnen die reichsten Geschenke. —

Für den Augenblick verzögerte sich noch die Gefahr
einer feindlichen Landung, da Octavian durch häufige
Briefe des Agrippa zurückgerufen wurde nach Rom, zur
Lösung schwieriger, seine Gegenwart erheischender, Ge=
schäfte.

Im folgenden Jahre aber, 30 v. Chr., zog er durch
Syrien nach Egypten, begleitet von seiner Flotte. Rasch
wurde Pelusium erobert, und es ging das Gerücht, daß
der Befehlshaber Seleucus auf den Betrieb der Kleo=
patra die Stadt dem Feinde übergeben habe.

Als die Ankunft des Octavian in wenigen Tagen zu
erwarten stand, verbarg Kleopatra ihre Schätze, Gold,
Silber, Edelsteine, Perlen, Ebenholz, Elfenbein in herr=
lichen, hohen, neben dem Tempel der Isis gelegenen,

feſten Gebäuden, und ließ neben dieſen Schätzen brenn=
bare Stoffe in großer Menge anhäufen. —
Die Aufgabe der Botſchafter des Octavian war nun
die, in der Kleopatra die Hoffnung aufrecht ju erhalten,
daß der Königin und ihren Kindern mindeſtens Egypten
erhalten bliebe.
Dem Octavian, der ſeinen Truppen unermeßliche
Belohnungen verſprochen hatte, lag Alles daran, ſich der
Schätze der Königin ju bemächtigen.
Kleopatra durfte deshalb unter keiner Bedingung an
der Rettung und Erhaltung ihres Reiches verzweifeln;
denn ſonſt ſtand ju befürchten, daß ſie ihre unermeß=
lichen Schätze vernichten und ſich ſelber dem Untergange
weihen würde.
In der Nacht vor dem Tode des Antonius laſtete
dumpfe Schwüle und ängſtliche Spannung ſchwer auf den
jagenden Gemüthern der Einwohner der Alexanderſtadt.
Plötzlich erklangen melodiſche Töne der verſchiedenſten
Inſtrumente in den Straßen; jubelnden, bacchantiſchen,
Lärm, und die lecken Sprünge der Satyrn glaubte man
ju hören; durch die lautloſe Stille hallten deutlich ver=
nehmbar die nach dem Tacte abgemeſſenen Schritte eines
gewaltigen Zuges; rauſchender und mächtiger wurden die
mit dem weithin klingenden Schalle gellender Pfeifen,
wirbelnder Cymbeln und lieblicher Flöten untermiſchten
Evoe=Rufe. Da plötzlich in dem Augenblicke, als der
Chor durch das den Feinden jugewandte Thor jog, ver=
klang Muſik und Gejauchze.

Zeichendeuter legten die Erscheinung dahin aus, daß Bacchus, der Gott, dem Antonius sich gleichgestellt, die Stadt ihrem Schicksale überlasse, und daß die freie Heiterkeit dem Ernste römischen Wesens weichen müsse.

In dem letzten Treffen, welches Antonius in der Nähe Alexandrias wagte, verließ ihn eine Truppenabtheilung nach der andern, bis er endlich unter dem Rufe, er werde von der Kleopatra an den Octavian verrathen, in die Stadt zurückstürzte.

Kleopatra, aus Furcht vor dem Grimme des Antonius, flüchtete in ihr, mit festen Fallthüren versehenes Gewölbe, und schickte dann Boten zu dem Antonius, die ihm die Nachricht von ihrem Tode bringen mußten.

Antonius, ohne an der Wahrheit dieser Nachricht zu zweifeln, sprach zu sich selber:

„Was zögerst du, Antonius? Der einzige Grund, dein Leben zu behalten, ist dahin." Bei diesen Worten löste er seinen Panzer und befahl dem treuen Sclaven Eros, ihn zu erstechen; dieser erhob das Schwert, durchbohrte sich dann aber selber.

„Gut," sagte Antonius, „daß Du mir zeigst, wie ich zu handeln habe!" mit diesen Worten stieß er sich das Schwert in den Leib.

Die Wunde war nicht augenblicklich tödtlich; stöhnend sank er auf sein Lager und bat die Hinzugekommenen, ihn zu tödten.

Da ward ihm die Nachricht, daß Kleopatra lebe, und

dringend wünſche, daß Antonius zu ihr in ihr Gemach
gebracht würde.

Da die Eingänge zu dem Gewölbe nicht geöffnet
wurden, aus Furcht, daß ſich heimliche Cäſarianer mit
hineinſchleichen könnten, wurde Antonius, mit Blut über=
ſtrömt, mit übermenſchlicher Anſtrengung von der Kleo=
patra und ihren beiden treuen Begleiterinnen hinauf=
gewunden in das hochgelegene Fenſter.

. Dann legte ſie ihn unter Jammer = und Klagerufen
auf das Lager und rief die Götter um Beiſtand an in
ihrem unendlichen Schmerze.

Antonius ſuchte ſie zu beruhigen und bat, ihn nicht
zu bejammern wegen der letzten Unfälle, die ihn Schlag
auf Schlag getroffen, ſondern ihn glücklich zu preiſen
wegen der großen Macht, die er beſeſſen hätte, wegen
ſeines Feldherrenruhmes, und daß er jetzt, ein Römer,
nur von einem Römer beſiegt worden ſei.

Zuletzt rieth er ihr, unter den Freunden Cäſars be=
ſonders dem Proculejus zu trauen.

Nach dieſen Worten verſchied er in den Armen der
Kleopatra.

Kaum hatte Antonius ausgehaucht, als bereits Pro=
culejus, abgeſandt von Octavian, bei der Kleopatra
erſchien. Unmittelbar nachdem ſich Antonius das
Schwert in den Leib geſtoßen, eilte nämlich Dercetäus,
einer der Trabanten deſſelben, mit der blutigen Waffe
zu Octavian, um ihm das Ende des Antonius zu ver=
künden. Sogleich ſandte Octavian den Proculejus ab

mit dem Auftrage, sich womöglich der Kleopatra zu be=
mächtigen; er fürchtete einestheils für ihre Schätze,
anderntheils wollte er die Königin als eine besondere
Zierde seines Triumphes in Rom aufführen.

Proculejus wurde von der Kleopatra nicht ein=
gelassen; sie unterredete sich aber mit ihm von ihrem
Fenster aus, und forderte vor Allem für ihre Kinder die
Gewährleistung Egyptens.

Proculejus erwiederte, sie möge nur guten Muthes
sein und dem Cäsar in Allem vertrauen.

Als Proculejus dem Octavian den Inhalt der Un=
terredung gemeldet, schickte ihn dieser von Neuem mit
dem Gallus zurück. Während dieser Letztere eine Unter=
redung mit der Königin anknüpfte, gelang es dem Pro=
culejus, von einer andern Seite des Gebäudes durch
schnelles Anlegen von Leitern in das Gemach der Kleo=
patra einzudringen und sich ihrer zu versichern.

Nun sandte Octavian den Epaphrodit mit dem Auf=
trage, für die Erhaltung des Lebens der Kleopatra zu
sorgen, sonst aber in Allem ihr zu Willen zu sein.

Jetzt hielt Octavian, nachdem er die Kleopatra und
ihre Schätze in seine Gewalt gebracht, seinen Einzug
in Alexandria. Das zitternde Volk versammelte er auf
dem freien Platze der Stadt und verkündete öffentlich,
daß er Alle von der Schuld befreie, aus Rücksicht für
den Gründer, Alexander den Großen, und aus Rücksicht
für die Größe und Schönheit der Stadt.

Die Kinder der Kleopatra ließ er am Leben; nur

den Cäsarion, ihren Sohn vom Cäsar, und den Antyllus, den Sohn der Fulvia, befahl er hinzurichten.

Egypten wurde für eine römische Provinz erklärt.

Als Kleopatra, mehr und mehr in Furcht gesetzt, im Triumph aufgeführt zu werden, beschloß, ihr Leben durch Hunger zu endigen, verhinderte dies Octavian durch die Drohung, ihre Kinder vom Antonius tödten zu lassen. Endlich besuchte Octavian sie selber auf ihr dringendes Bitten.

Verschwunden waren die Zeiten von Tarsus; keine in üppiger Jugendfülle von schwellenden Hoffnungen getragene reiche und mächtige Königin; kein Antonius, bestimmbar durch den Glanz äußerer Erscheinung und die Anmuth weiblicher Grazie. Das Schicksal hatte den Feldherrn, den sie zum Werkzeuge ihres Willens und ihres hochfliegenden Ehrgeizes gemacht, mitleidslos von seiner Höhe heruntergestürzt; Octavian stand ihr gegenüber, der besonnenste, seiner selbst gewissefte, nur von seinem eigenen unbeugsamen Willen abhängende, Herrscher.

Es handelte sich jetzt um die Erregung des Mitleids, der Theilnahme; Kleopatra empfing den Octavian in einem einfachen Trauergewande. Verschiedene Bilder des Julius Cäsar schmückten das geschmackvoll eingerichtete Gemach. Briefe, die Cäsar ihr geschrieben, hatte sie verborgen im Busen.

Als Octavian eintrat, sprang die Königin auf und eilte ihm entgegen mit den Worten:

„Sei mir gegrüßt, mein Gebieter! Die Götter
verliehen Dir das, was sie mir genommen. Hier erblickst
Du Deinen vergötterten Vater; wie er mich geehrt und
mich zur unumschränkten Königin Egyptens machte, hast
Du gehört; wie er mich geliebt, das ersieh aus diesem
Briefe." Sie reichte ihm einen der Briefe Cäsars, küßte
die andern, brach dann in Thränen aus, sammelte sich,
kniete nieder vor dem Bilde Cäsars, betete es an und
rief: „O Cäsar, in dem Octavian lebst Du mir wieder
auf, und wenn ich ihn habe, so habe ich auch Dich!"
Bei diesen Worten blickte sie den Octavian zärtlich
an; dieser aber heftete unverwandt seine Augen zur Erde
und sprach: „Sei getrost, o Weib, nichts Hartes wird
Dir widerfahren."
Kleopatra, erschreckt über die kalte Antwort und ihre
fehlgeschlagenen Hoffnungen, warf sich jetzt zu den Füßen
des Octavian und bat flehentlich um die Erlaubniß, dem
Antonius noch ein Todtenopfer bringen zu dürfen.
Die Bitte wurde gewährt.
Kleopatra begab sich jetzt zu dem Sarkophage des
Antonius und betete also:
„Antonius! Im Leben hat uns Nichts zu trennen
vermocht, möge uns auch jetzt das grausame Schicksal
nicht auseinander reißen. Ich beschwöre Dich, sei mir
ein Helfer in der Noth und errette mich von der Schmach,
zu Rom im Triumphe aufgeführt zu werden!"
Dann kehrte Kleopatra zurück in ihr Gemach. Hier
brachte ihr einer der Cäsarianer, Cornelius Dolabella,

auf den das unglückliche Schicksal der Königin einen tiefen Eindruck gemacht hatte, die Meldung, daß Octavian in wenigen Tagen den Rückzug nach Rom anträte und beschlossen habe, die Königin eben dahin nachfolgen zu lassen.

Die Königin verstand den Wink.

Ihr Blut empörte sich wild bei dem Gedanken, dem römischen Volke zur Augenweide dienen zu sollen.

Rasch traf sie ihren Entschluß.

Es gelang, die Wachsamkeit der Wächter zu täuschen. In einem Körbchen, mit Feigen angefüllt, ward ihr, nach dem Berichte des Plutarch, eine unter Blättern verborgene Natter gebracht. Unerschrocken legte sie sich das Thier an die Brust und gab sich auf diese Weise den Tod.

So endete der letzte Sproß aus dem Hause der Ptolemäer.

Achtzehn Jahre lang hatte die Königin den Gang des Schicksals durch die Kraft ihres Geistes gehemmt und Egypten vor dem Loose bewahrt, eine römische Provinz zu werden.

Aber zu gewaltig war die Macht der Ereignisse.

Kleopatra mußte es erleben, daß der Siegeswagen des Octavian auch über Egypten donnernd dahin rollte.

Die Aufführung der Bacchen des Euripides am parthischen Hofe.

(Mai 53 v. Chr.)

Mächtig rauschten die Klänge der Musik in dem prachtvoll erleuchteten Palaste des Orodes, des Königes der Parther.

Zahlreich versammelt waren die parthischen und armenischen Gäste, die der König eingeladen zur Verlobungsfeier seines Sohnes Pacorus mit der Tochter des armenischen Fürsten Artavasdes.

Immer lauter, immer stürmischer wurde der Jubel, immer rascher kreiste der Becher, immer schneller leerten sich die gewaltigen Humpen, angefüllt mit köstlichem Weine.

Das seltene Fest rechtfertigte die rücksichtslose Hingebung an den Genuß des Augenblickes.

Es galt nicht nur die Verbindung zweier Königshäuser zu verherrlichen; auch die beiden Völker wollten sich nach unglückseligem Hader vereinigen zu gegen-

seitigem Schuße gegen der Römer unersättliche Er=
oberungssucht.

War doch gerade jeßt (im Anfange des Jahres 53
vor Chr.) der Triumvir M. Crassus an der Spiße eines
tüchtigen Heeres, nach einem beschwerlichen Marsche
durch Syrien, tief in Mesopotamien eingedrungen, um
von da, bei glücklichem Gelingen, nach Parthien zu mar=
schiren.

Wohl gaben sich die Parther der Siegeshoffnung hin.
Hatte doch Surenas, nach dem Könige der Erste,
jeßt Anführer der parthischen Kriegsmacht, glückver=
heißende Botschaft gesandt.

. Glänzende Schönheit, gewaltige Kraft, hoher Muth,
erprobte Klugheit machten den Surenas zum Liebling
des Heeres.

Unermeßlich war des Surenas Reichthum; auf seinem Zuge führten 1000 Kameele sein Gepäck mit sich;
1000 geharnischte Reiter bildeten des Feldherrn nächste
Leibwache; ein Gefolge von 10,000 Mann stand bereit,
um jeden Wink des Gebieters zu erfüllen.

Nicht weniger denn 200 Wagen waren erforderlich,
um ihm seinen Harem auf seinen Feldzügen folgen zu
lassen.

Kein Wunder, daß in Folge der siegesverheißenden
Nachricht des Surenas die Freude alle Gemüther im
parthischen Königspalaste heiß durchglühte.

Als man endlich die Tafel aufhob, traten Schau=
spieler auf.

Man beschloß die Aufführung der Bacchen des griechischen Tragikers Euripides, dessen Poesie weil über die Grenzen Griechenlands hinaus auch an den Höfen der asiatischen Fürsten Eingang gefunden.

Der berühmte Schauspieler Jason aus Tralles spielte die Rolle der Agaue, der Mutter des Pentheus.

Pentheus, König von Theben, widersetzt sich nämlich der Einführung des Dionysos = Cultus, dem mit ganz Theben auch seine Mutter Agaue eifrig anhängt.

Um sich zu rächen, läßt Dionysos den Pentheus von seiner Mutter und den übrigen Bacchantinnen auf dem Chithärongebirge in bacchantischer Raserei zerreißen.

Agaue selbst trägt triumphirend das Haupt ihres Sohnes in der Meinung, ein Löwenhaupt zu tragen, nach Theben.

Diese Rolle trug nun Jason mit echt bacchantischem Enthusiasmus vor und riß durch das Feuer seiner Dar= stellung Alles zu ungetheiltester Bewunderung hin.

Plötzlich, siehe da, welch ein Anblick!

Sillaces, gesandt vom Surenas, tritt herein in den Saal durch die weitgeöffneten Thüren; hoch hebt er das Haupt des Crassus empor und wirft es mitten unter die noch eben den Worten des Jason lauschenden Zuhörer.

Rasch entschlossen nimmt Jason das Haupt auf vom Boden, und fährt ohne Unterbrechung mit den Euripi= deischen Worten fort:

„Vom Gebirg herab
Bring' ich die herrliche Beute."

Als auf die Frage des Chores: „Wer traf das
Wild?" Jason antwortete: „Mein ist die Ehre!" sprang
plötzlich Pomaxathres, welcher den Crassus in der un=
glücklichen Schlacht bei Carrhä getödtet, auf und nahm
dem Jason das Haupt des Crassus aus der Hand mit
den Worten: „Diese Rolle weiß ich lebensvoller darzu=
stellen." Laut auf jauchzten die Parther.

Orodes war entzückt; königlich beschenkte er den
Jason und Pomaxathres für den seltenen Genuß, den sie
ihm bereitet.

So diente dem parthischen Hofe das Haupt des ge=
fallenen römischen Triumvir zur plastischen Veranschau=
lichung der schönsten der Euripideischen Tragödien.

Stratonice.

Seleucus Nicator war unter den Nachfolgern Alexanders des Großen weithin der Mächtigste in Asien. Seine Herrschaft erstreckte sich von Syrien bis zum Euphrat; über Armenier, Perser, Araber und Parther gebot er; selbst bis zum fernen Indien unternahm er Züge, setzte über den Indus, kämpfte mit dem Androcottus, und verschwägerte sich dann mit ihm.

Stets war der König auf Ländererwerb bedacht; er war groß in den Künsten der Diplomatie; er besaß unerschütterlichen Muth und unermüdliche Thätigkeit; sein Heer war begeistert für ihn und folgte ihm bereitwillig in die fernsten Gegenden.

Seine Körperstärke war bewundernswerth. Einst riß sich bei einem von Alexander dem Großen veranstalteten Opfer ein Stier von seinen Banden los: die Umstehenden wollten entfliehen, Seleucus erschlug das wüthende Thier mit unbewaffneten Händen. Zur Erinnerung daran erblickte man auf vielen Münzen des Königs die Hörner eines Stiers. —

Die zweite Gemahlin des Seleucus war Stratonice, eine Frau von ebenso anmuthigen Sitten, als vollendeter Schönheit.

Der älteste Sohn des Königs aus erster Ehe, Antiochus, der späterhin von 280 — 261 vor Chr. regierte, liebte seine Stiefmutter mit verzehrender Gluth. Der Ungesetzlichkeit seiner Liebe war er sich vollkommen bewußt; er vermochte aber nicht, seiner Leidenschaft zu widerstehen, er erkrankte und ersehnte sich den Tod. —

Der König liebte seinen Sohn auf das Innigste. Schon hatte er ihm einige der schönsten Länder des oberen Asiens zur selbstständigen Verwaltung angewiesen; er fühlte sich glücklich in dem Gedanken, gemeinschaftlich mit seinem Sohne die reichsten und fruchtbarsten Gebiete des Erdkreises zu beherrschen.

Unnennbarer Jammer ergriff ihn jetzt, als er den geliebten Sohn so sichtlich dahinschwinden sah.

Der berühmte Leibarzt Erasistratos, bei jeder Gelegenheit vom Seleucus hoch geehrt, und mehr als Freund denn als Diener des königlichen Hauses betrachtet, wandte alle Mittel seiner Kunst an, um den Grund der schleichenden Krankheit zu entdecken. Bald überzeugte er sich, daß ein körperliches Leiden nicht vorhanden war. Furcht, Besorgniß, Haß, Zorn, krankhaftes Verlangen nach äußeren Dingen sei ebenfalls nicht die Ursache, in unbewachten Augenblicken kämen die Spuren derartiger Gemüthsaffectionen zum Vorschein. Sorgfältigste Beobachtung führte den Arzt auf die Vermuthung, daß unerwiederte Liebe an dem Herzen des Kranken nage. So oft er aber im Gespräche darauf hinlenkte, wandte sich Antiochus ab und schwieg hartnäckig.

Erasistratos schlug nun einen andern Weg ein. Alle Mitglieder und Angehörigen der königlichen Familie wurden einzeln in das Krankenzimmer geführt. Unverändert blieben die Züge des Antiochus. So oft aber Stratonice erschien, trat sogleich die vom Plato im „Gastmahl" so unvergleichlich geschilderte Unruhe ein; das bleiche Antlitz färbte sich, die matten Glieder durchdrang neue Lebenskraft. Dem Arzt war jetzt der Grund der Krankheit kein Geheimniß; was er anfangs dunkel geahnt, war ihm zur Gewißheit geworden.

Eilends begiebt er sich zu dem König.

„Dein Sohn," ruft er ihm zu, „leidet an einer unheilbaren Krankheit; er liebt, und es ist ihm unmöglich, in den Besitz des geliebten Weibes zu kommen."

Seleucus erstaunte. Es sei undenkbar, daß eines mächtigen Königs heißgeliebter Sohn, in jeder Beziehung trefflich und tüchtig, in hoffnungsloser Liebe sich verzehren solle.

Wer denn jene Frau sei?

Bitten, Gold, das Kostbarste solle nicht geschont werden; sein ganzes Königreich sei ihm nicht zu theuer, um seinem geliebten Sohne durch die Erreichung seines Wunsches das Leben zu erhalten.

Ernst und ruhig erwiederte Erasistratos: „Antiochus liebt mein Weib."

„Wie," sprach der König, „Du, der bewährte Freund
meines Hauses, dem ich stets die vollste Liebe und auf=
richtigste Freundschaft bewiesen, Du solltest Dich beden=
ken, das Leben des Sohnes Deines Freundes zu erhalten
Antiochus, gilt Seleucus so wenig bei Dir?"

Nach kurzem Bedenken antwortete der Arzt: „Nicht
einmal Du, o König, würdest Deinem Sohne Deine
Gemahlin zum Weibe geben, wenn jene der ersehnte
Gegenstand seiner Liebe wäre."

Bei diesen Worten verschwor sich Seleucus hoch und
theuer bei Allem, was ihm lieb und werth sei, er würde
in einem solchen Falle der Welt zeigen, was die Liebe
eines Vaters zu einem solchen Sohne vermöge.

Da theilt Erasistratos dem Könige den wahren
Sachverhalt mit.

Unaussprechlich war die Freude des Vaters.

Nun blieb noch die einzige Schwierigkeit, die Be=
denken der Stratonice und des Antiochus zu über=
winden. Als auch dies gelungen, beruft der König zu
Antiochia das Heer. Hier zählt er seine mit dem treuen
Beistande des Heeres vollführten Thaten und Siege auf;
er preist die Größe des mächtigen Reiches.

„Jetzt aber will ich Euere Herzen theilen; die obere
Hälfte des Reiches will ich meinem Weibe und meinem
Sohne schenken. Ihr theure Waffengefährten, werdet
uns gewiß bereitwillig unterstützen bei der Einrichtung
der neuen Verhältnisse. Mein Weib und Antiochus
will ich hier in Eurer Mitte vermählen; erweiset ihnen

12

dieselbe Treue und Liebe, die Ihr mir so viele Jahre lang bewiesen habt. Beide stehen im blühenden Lebens= alter. Mögen die Götter ihnen herrliche Kinder schenken und ihr Leben mit Glück und Gedeihen krönen!"

Kaum hatte Seleucus ausgeredet, als das Heer ausbrach in lauten Jubel. Man pries den König als den mächtigsten Herrscher und den besten Vater. Dann vermählte der König seine Gemahlin mit seinem Sohne und entsandte Beide in ihr neues Reich.

Leipzig, Druck von Giesecke & Devrient.